Kelebek Verlag

Anthologie 2018

Drachenwelten

Anthologie

KELEBEK
VERLAG

Impressum

© Oktober 2018 Kelebek Verlag - Anthologie
Autoren und Illustratoren: im Anhang
Cover: MysticArtDesign
Lektorat: Carolin Olivares
Kelebek Verlag, Inh. Maria Schenk, Franzensbaderstr. 6,
86529 Schrobenhausen
ISBN 978-3-947083-15-2
Druck und Vertrieb BoD
Bibliografische Information der Deutschen Nationalbibliothek
Die Deutsche Nationalbibliothek verzeichnet diese Publikation in der
Deutschen Nationalbibliografie; detaillierte bibliografische Daten sind
im Internet über http://dnb.d-nb.de abrufbar.

Inhaltsverzeichnis

Drache im Nebel

von Jürgen Flüchter

„Wach auf, Will!"

Schlaftrunken öffnete ich die Augen und schaute auf meine Armbanduhr. „Fünf nach drei", protestierte ich, „lass mich in Ruhe."

Ulrike zog an meinem Arm. „Los, zieh dir was an!"

Schwerfällig quälte ich mich aus dem Bett, stieg in die Hose, zog einen Pullover über und folgte meiner älteren siebzehnjährigen Schwester, die geräuschlos die Treppe hinunterging.

Unten zogen wir uns Schuhe und Jacke an, bevor wir das Haus verließen. Das Licht der Laternen an unserer Dorfstraße schaffte es kaum, den Nebel zu durchdringen. Ulrike bog in einen Feldweg, der zum Drachenfeld führte, auf dem wir als Kinder unsere Windvögel hatten steigen lassen. Hier war der Nebel noch dichter als im Dorf. Wir warteten, aber auf was? Hatten unsere Erlebnisse vom letzten Sommer im Königreich Elbanor, einem Land, in das wir durch einen magischen Stein am Rand unseres Dorfes gelangt waren, ihr am Ende den Verstand geraubt?

„Er kommt", unterbrach meine Schwester das Schweigen.

Wer kommt, wollte ich fragen. Doch dann hörte ich etwas: das Schlagen mächtiger Flügel. Flieg vorbei, dachte ich, starr vor Angst. Stille. Ich spürte eine Vibration unter meinen Füßen, der Boden bebte. Im Nebel, der vom Vollmond geheimnisvoll angestrahlt wurde, formte sich der riesige Kopf des Drachen. Als das geöffnete Maul mit den dolchgroßen Reißzähnen auf uns zuschoss, schloss ich die Augen. Aber nichts geschah. Fassungslos wagte ich es, meine Augen zu öffnen. Das nun geschlossene Maul des Drachen verharrte wenige Zentimeter vor uns. Sein Kopf schwang hin und her, als ob er uns mit seinen tellergroßen bernsteinfarbenen Augen neugierig mustern würde.

Dann wandte er sich Ulrike zu. Auf ihrem Gesicht lag ein angestrengter Ausdruck. Nach einigen Minuten legte sie ihre rechte Hand auf den Kopf des Tieres und strich vorsichtig über seine Nüstern. Ich hielt den Atem an, doch der Drache ließ es geschehen.

Was spielte sich zwischen den beiden ab? Schon im Sommer hatte sich dieses gewaltige, beängstigende Wesen in Ulrikes Kopf eingeschlichen und sie gezwungen, mit ihm zu reden. Im nächsten Moment zog Ulrike ihre Hand abrupt zurück, das

Bild scheinbarer Harmonie zwischen ihr und dem Drachen zerstob. Der Drache öffnete sein Maul und knurrte bedrohlich, als ob er sich jede Sekunde auf uns stürzen wollte.

Was war passiert, womit hatte Ulrike ihn wütend gemacht? Doch dann drehte er sich um und erhob sich nach einem kurzen Anlauf wieder in die Luft. In niedriger Höhe segelte er majestätisch über uns hinweg. Ich konnte seinen geschuppten Unterleib sehen, die messerscharfen ausgefahrenen Krallen, die gezackten Flügel und den langen Schwanz, der sich hin und her wand wie eine Riesenschlange. Am Ende mündete er in ein keulenartiges, massives Dreieck.

Völlig durcheinander drehte ich mich zu Ulrike um. „Was hat er gesagt?"

Als ich sah, dass sie am ganzen Leib zitterte, hielt ich sie fest, bis sie sich beruhigte.

Aber meine Schwester war hart im Nehmen. Sie schob mich weg. „Jemand hat heute Nacht das Schwert aus dem Museum in deiner Schule gestohlen. Der Drache will nicht, dass ein Mensch es führt. Wir müssen es zurückholen."

„Das kann doch nicht sein", brach es aus mir heraus, „das Museum hat eine verschlossene Eisentür und …"

„Wenn der Drache sagt, dass das Schwert gestohlen wurde, dann ist es so", unterbrach Ulrike mich.

Sie hatte recht. Der Drache spürte es, wenn jemand das Schwert in die Hand nahm. Vor hundert Jahren, im Jahr 1864, war es bei Ausgrabungen an dem Stein, dem Tor ins Königreich Elbanor, gefunden und in das kleine Heimatmuseum im Keller des LessingGymnasiums gebracht worden. Außer Ulrike und mir wussten nur wenige Menschen, dass es sich bei der Waffe um das Schwert von Siegfried, dem Drachentöter, handelte. Allerdings hatte der Held der Nibelungensage seinen Gegner nicht getötet. Der Drache hatte sich von seinen Verletzungen erholt – leider.

„Wie sollen wir denn den Dieb finden? Das ist unmöglich", stellte ich fest.

„Hab' ich ihm auch gesagt. Du hast ja gesehen, wie er darauf reagiert hat. Denk doch mal nach! Wer weiß von dem Schwert? Wer könnte es gewesen sein?"

„Alle Schüler haben in der achten Klasse das Museum besucht und dieses verfluchte Schwert gesehen. Woher soll ich denn wissen, wer auf die blöde Idee kommt, es zu stehlen?"

„Du musst es rausfinden. Ich kann das nicht." Ulrike schien verzweifelt. „Wenn das Schwert bis heute Abend nicht wieder im Museum ist", fuhr sie fort, „wird er uns töten. Er wird auch unser Haus verbrennen und dann das ganze Dorf. Verstehst du, Will, alle werden sterben." Ihre Stimme klang schrill, geradezu panisch.

Ich ging auf und ab, schlug vor lauter Hilflosigkeit mit den Händen gegen meine Oberschenkel.

Ulrike fasste mich an der Schulter. „Bleib ruhig, Will, denk nach, bitte!"

Ich blieb stehen. Wie konnte jemand die Eisentür überwinden? Unser Hausmeister Knarber sorgte immer dafür, dass sie abgeschlossen war. Moment, Knarber war im Krankenhaus. In den letzten zwei Wochen wurde er von einem pensionierten Hausmeister vertreten. Das Gerücht hielt sich hartnäckig, dass der Ersatzhausmeister vom Direx einen auf den Deckel bekommen hatte, weil er einmal die Eingangstür zur Schule nicht abgeschlossen hatte. Vielleicht hatte der Alte am Samstagmittag nach Schulschluss das Museum noch kontrolliert und vergessen, die Tür abzuschließen. Doch wer könnte das entdeckt haben? Da fiel mir noch etwas ein. Einer meiner Klassenkameraden, Hans, hing in den Pausen nicht mehr mit uns rum, sondern mit zwei Typen aus der Zehn. Man munkelte, dass diese drei sich am Wochenende abends regelmäßig mit Bier und Zigaretten auf unserem Schulhof rumtrieben. Das passte. Angetrunken, aus Spaß mal die Klinke von der Museumstür runterdrücken, oh, ist ja offen, gehen wir mal rein …

Und Hans traute ich zu, dass er so bescheuert war, das Schwert mitzunehmen. Vor einigen Wochen war ich mit ihm hart aneinandergeraten. Immer wieder hatte er unseren Religionslehrer auf das Übelste tyrannisiert. Vor der versammelten Klasse hatte ich ihm gesagt, wie blöd ich sein Verhalten fand. Und alle Mitschüler hatten mir zugestimmt.

„Einer aus meiner Klasse könnte es gewesen sein, Hans", sagte ich. „Lass uns jetzt noch etwas schlafen. Später rufe ich ihn an und frage, ob wir uns auf dem Schulhof treffen können."

* * *

Bereits um neun Uhr standen Ulrike und ich vor dem Telefon im Flur. Zum Glück waren unsere Eltern schon zur Kirche gegangen, sodass wir keine lästigen Fragen zu fürchten brauchten. Zu meinem Erstaunen schien Hans sich über meinen Anruf am frühen Sonntagmorgen nicht zu wundern. Er war sofort bereit, mich auf dem Schulhof zu treffen. Wir fuhren mit dem Bus in die Stadt. Immer noch war es neblig.

Hans lehnte lässig an unserer heruntergekommenen Turnhalle im hintersten Teil des Schulhofes. In der rechten Hand hielt er das Schwert, stützte sich darauf ab wie auf einem Spazierstock. Wenn Siegfried das gesehen hätte! Neben ihm standen die zwei Typen aus der Zehn und grinsten.

„Gott sei Dank", rief ich, „du hast das Schwert. Wir müssen es sofort ins Museum zurückbringen."

„Müssen wir das?"

„Ja natürlich, das musst du mir glauben. Wenn wir es nicht tun, gibt es eine Katastrophe."

Hans sah mich mit seinen dunklen Augen durchdringend an. Mir wurde unbehaglich, trotzdem trat ich einen Schritt auf ihn zu. „Gib es mir einfach!"

„Da hast du's", sagte er mit einem höhnischen Lächeln, riss das Schwert hoch und stieß die Spitze in meine Richtung.

„Mensch, Hans, hör auf mit dem Scheiß, gib das Schwert her, ehe jemand verletzt wird", schaltete Ulrike sich ein.

Aber Hans schwang das Schwert und kam auf mich zu. Ich wich einem Hieb aus, der mich fast getroffen hätte. Als Ulrike sich auf ihn stürzen wollte, hielt einer der beiden Zehntklässler sie fest.

Doch er tat es wahrscheinlich zu ihrem Schutz, denn er sagte:

„Jetzt lass gut sein, Hans, lass uns das Schwert zurückbringen."
Aber Hans erhob die Waffe, sein Gesicht zu einer Grimasse verzerrt. Als ich vor einem Stich in letzter Sekunde zur Seite sprang, stolperte ich und fiel auf den Boden. Ehe ich mich wieder aufrappeln konnte, spürte ich die Spitze der Klinge an meinem Hals. Seit wann war Hans so schnell?

„Du bist schuld, dass keiner aus der Klasse mehr etwas mit mir zu tun haben will", keuchte er.

„Hans, es ist dieses verfluchte Schwert. Es beeinflusst dich. Lass es fallen!", antwortete ich ruhig.

Genauso gut hätte ich zu der steinernen LessingStatue vor dem Haupteingang der Schule sprechen können. Hans drückte die Spitze etwas tiefer in meinen Hals.

Ich wagte nicht, mich zu bewegen. Was war mit den anderen? Warum griff niemand ein? Dann merkte ich, wie sich die Spitze von meinem Hals löste und hörte, wie das Schwert mit einem metallenen Klang neben mir auf den Boden prallte. Unendlich erleichtert setzte ich mich auf und nahm es an mich.

* * *

„Danke", sagte ich zu Hans.

Doch er hörte mich gar nicht. Mit fassungslosem Gesicht

starrte er auf etwas, das sich hinter mir befand. Noch im Sitzen drehte ich mich um und sah die gewaltige Gestalt des Drachen schemenhaft im Nebel vor uns aufragen. Mit seinen weit ausgebreiteten Flügeln wirkte er noch größer als auf dem Feld. In diesem Moment fühlte ich so etwas wie Ehrfurcht.

Dann riss Ulrike mich am Arm hoch und zerrte mich zur Seite. Hans und seine Freunde standen da wie gelähmt. Wo sollten sie auch hinlaufen? Hinter ihnen war die Turnhalle, vor ihnen der Drache, der sie mit seinen gelben Augen fixierte. Als er sein Maul öffnete, wusste ich, was passieren würde. Er würde Feuer speien und die Jungen zu einem Häufchen Asche verbrennen. Ich griff das Schwert fester, aber Ulrike war schneller als ich.

Sie rannte los, winkte heftig mit den Armen, rief irgendwas und stellte sich vor meine Schulkameraden.

Der Drache schien genauso verdutzt zu sein wie ich. Aus seinem Rachen drang ein warnendes Donnergrollen, sein Schwanz peitschte, ich hörte etwas splittern. Wahrscheinlich hatte er eine der glänzenden Platten zerstört, die in den Schulhof eingelassen waren und auf denen Weisheiten des großen Dichters Lessing vermerkt waren. Das würde unserem Direktor nicht gefallen.

Unbeeindruckt von seinem Zorn blickte Ulrike dem Drachen

trotzig in die Augen. Während Hans und seine Freunde sich bleich wie Wachsfiguren an die Turnhallenwand drückten, schien sich zwischen Ulrike und dem Tier ein unsichtbarer Machtkampf abzuspielen. Sie standen sich gegenüber, starr, unbeweglich. Sekunden verstrichen oder waren es Minuten?

Der Erste, der sich wieder bewegte, war der Drache. Er schloss sein Maul und drehte sich zur Seite. Für einen Moment sah es für mich so aus, als ob er milde lächeln würde wie ein Vater, der seinem Kind den Willen lässt. Aber das konnte natürlich nicht sein.

Er schwang sich in die Luft, flog über die Schule, streifte dabei die alte Uhr an unserem Schulturm. Noch etwas, was unseren Direx nicht erfreuen würde. Nach wenigen Sekunden war das Ungeheuer aus meinem Blickfeld verschwunden.

„Haut bloß ab!", sagte ich zu den drei Jammergestalten, deren Blicke hektisch auf dem Schulhof umherirrten. „Und das ist nie passiert", rief ich ihnen hinterher, als sie wie von Furien gehetzt davonrannten.

Ulrike war still und in sich gekehrt. Später würde ich ihr sagen, wie stolz ich auf sie war. Als wir zum Museum gingen, malten die ersten Sonnenstrahlen Streifen auf den Schulhof. Der Nebel löste sich auf.

Kaltes Feuer

Von Nicole Gabrys

„Flam, flam, mörcks!" Valadur hielt seine Hand über die
Zweige, die er für ein Feuer gesammelt hatte. Verdammt! Es
hatte wieder nicht geklappt. Er holte den Feuerstein aus einem
Beutel.

Ich kann das besser, echote eine Stimme in seinem Kopf.
Nimm deine Hände weg, sonst verbrenne ich sie aus Versehen.
Valadur wich zurück, als eine helle Feuerlanze auf das Holz
zuschoss. Er sah zur Seite und blickte in die gelben Augen
eines grauen Steindrachen, der ungefähr so groß war wie er
selbst.

Du hast mich verstanden, stellte der Drache erstaunt fest.

„Ja, warum höre ich deine Gedanken?", fragte Valadur. „Wenn
ich dich nicht verstanden hätte, wären meine Hände jetzt
verbrannt", fügte er vorwurfsvoll hinzu.

Ich glaube, ihr Menschen sagt: Es tut mir leid, oder?,
antwortete der Drache.

Valadur hatte das Gefühl, das er dem Drachen etwas erklären
müsste. „Ich bin ein Versager", sagte er leise.

Ich heiße Kiesel, stellte sich der Drache vor. *Was machst du hier?*

„Ich suche das *Kalte Feuer*", erklärte Valadur. „Das gehört zu meiner Magierprüfung. Danach erst darf ich mich Magus nennen, bin dann ein richtiger Magier, obwohl ich nicht wirklich gut zaubern kann."

Soweit ich weiß, gibt es so etwas wie ein Kaltes Feuer *nicht.* Kiesel lachte. *Wir Steindrachen halten es für eine Legende.*

„Dann wäre das also nur ein Trick meiner Lehrer." Valadur ließ den Kopf hängen. „Sie wollen, dass ich aufgebe."

Du bist für den Winter zu dünn angezogen, sagte Kiesel. *Fließt durch deine Adern Elfenblut?*

„Nein, wie kommst du darauf?", fragte er verwundert.

Nur Elfen oder ihre menschlichen Nachkommen können uns verstehen, erklärte Kiesel.

Dummkopf, grollte eine weitere tiefere Stimme durch Valadurs Kopf. *Auch ein mächtiger Drachenmagier, ein Dramagus, kann uns verstehen.*

Vor Schreck sprang Valadur auf die Füße und blickte sich um. „Wer ist da?"

Ich bin der, der dir das Kalte Feuer *für deine Prüfung geben kann,* sagte die Stimme. *Hast du ein geeignetes Gefäß?*

„Nein, daran habe ich nicht gedacht." Valadur stöhnte auf. „Und mächtig bin ich auch nicht!"

Na, na, dröhnte die Stimme. *Nur weil dein Lehrer deine Talente nicht sehen kann, musst du ihm nicht glauben. Sei nicht so hart gegen dich selbst.*

Ein Drache, doppelt so groß wie Kiesel, landete vor ihm. Seine weiße Haut schimmerte durch die glasähnlichen Schuppen. Seine mächtigen, gefiederten Flügel endeten in hellblauen Spitzen.

Valadur hatte das Gefühl, dass die eisblauen Augen des Drachen direkt in seine Seele blickten.

Ein Eisdrache, rief Kiesel. *Aber die gibt es doch nur in unseren Märchen.*

Ich bin Frost. Ich könnte dich ins Kristalltal *der* Grauen Höhen *bringen,* erklärte der Eisdrache und ignorierte Kiesel. *Nur würdest du auf dem Weg dorthin erfrieren, Menschlein. Es ist Winter.*

„Dann werde ich nie ein richtiger Zauberer." Seufzend ließ Valadur sich auf seine Decke fallen.

Ich könnte ihn doch wärmen, schlug Kiesel vor.

So unvorsichtig wie du mit dem Feuer warst, erwiderte Frost, *kommt er verkohlt im Tal an.*

„Was genau gibt es denn in diesem *Kristalltal*?", fragte Valadur.

Die Teile, die du brauchst, um ein Gefäß zu formen, in dem du das Kalte Feuer *transportieren kannst*, erklärte Frost. *Zwar gäbe es auch hier alles, doch es wäre schmerzhaft für mich, weil du mir ein paar Schuppen ausreißen müsstest.*

„Ich werde alles tun, um ein Magier zu werden." Valadur stand wieder auf. „Bring mich in das Tal. Kiesel soll uns begleiten."

Frost lachte. *Du hast Mut, kleiner Mensch. Klettere auf meinen Rücken.* Er wartete, bis Valadur sicher saß, dann öffnete er seine Flügel. Mit einem kraftvollen Sprung hob er vom Boden ab.

Valadur sah nach oben, weil er einen Schatten bemerkte. Kiesel schwebte über ihnen. Weil er so sehr fror, drückte er sich eng an Frosts Hals. Sein Blick schweifte über die schneebedeckte Landschaft. Die Berge wurden immer höher. Er hatte das Gefühl, sein Gesicht würde vereisen.

„Wir sind sicher schon tief in die *Grauen Höhen* hineingeflogen!", sagte er. „Wie muss es hier im Frühling oder Sommer aussehen?"

Sehr viel schöner, hörte er Frosts Stimme. *Ich mache mir Sorgen um dich. Es wird noch kälter, je höher ich fliege.*

Ich wärme ihn, rief Kiesel. Graue Vorderbeine erschienen links und rechts neben Valadur. Kiesels warmer Hals drückte sich an ihn.

Geht runter von mir, du Karnickel, entrüstete sich Frost.

Ich bin kein Karnickel, erwiderte Kiesel wütend.

Zwischen den hohen Bergen erschien ein Tal. Valadur sah Drachen, die darüber kreisten. Ein walähnlicher Gesang hallte durch die Luft. Im Norden funkelte das Blau des Meeres. Mittlerweile war er fast bewusstlos vor Kälte.

Ich werde ganz vorsichtig landen, sagte Frost. *Du kannst dich ja kaum noch festhalten.*

Wie aus weiter Ferne hörte er Frosts Stimme: *Kiesel, beeil dich und entzünde ein Feuer! Valadur, kriech unter einen meiner Flügel!*

* * *

Der Steindrache sammelte einige Zweige zusammen und holte tief Luft, um das Holz in Brand zu setzen. Dann zog er Valadur ans Feuer.

In meiner Höhle ist ein Mantel, hol ihn!, sagte Frost zu Kiesel.

Auch die drei großen Schuppen, die du dort findest.

Dann sah und hörte Valadur nichts mehr.

21

Als er wieder zu sich kam, wunderte er sich zunächst über den Mantel, mit dem er zugedeckt war. Verschiedenfarbige Drachenschuppen waren auf den Stoff genäht.

Die Elfen haben den Mantel angefertigt, erklärte Frost. *Für den neuen Dramagus. Für dich!*

„Ich habe das Gefühl, hier liegt eine Verwechslung vor", sagte Valadur matt.

Nein, du bist unser Magier! Hier ist alles, was du benötigst, um das Gefäß herzustellen. Kiesel hat es herbeigeschafft, erklärte Frost.

„Warum hast du ihn Karnickel genannt?", wollte Valadur wissen, während er sich die durchsichtigen Schuppen genauer ansah.

Wir großen Drachen legen nur alle hundert bis zweihundert Jahre ein Ei, seufzte Frost. *Aber diese kleinen Steindrachen können sich alle fünfzig Jahre fortpflanzen und legen dann ein bis vier Eier. Sie vermehren sich wie die Karnickel.*

„Sie vermehren sich schneller als ihr großen Drachen", sagte Valadur. „Ihr solltet klüger sein und sie nicht beschimpfen."

Oh! Frost sah ihn erstaunt an.

„Was soll ich mit diesen Schuppen anfangen?", fragte Valadur.

In diesem Moment rasten Bilder durch seinen Kopf. Er wollte rufen: Aufhören! Das ist zu viel! Doch seine Stimme gehorchte ihm nicht. Als es vorbei war, rieb er sich über die Stirn.

„Kiesel, ich brauche dein Feuer", sagte er.

Ja, ja sofort. Aufgeregt wedelte der junge Steindrache mit dem Schwanz. Eine große Flamme schoss aus seinem Maul.

Valadur sprang zurück. „He, ich will nicht verbrannt werden."

Entschuldigung! Kiesel sah ihn wie ein trauriges Hündchen an.

„Langsamer, bitte", erwiderte er.

Dieses Mal ließ Kiesel nur ein kleines Feuer aus seinem Rachen strömen. Valadur schloss die Augen und hielt zwei der Schuppen in die Flammen. Seine Augen tränten. Die Hitze an seinen Händen war kaum zu ertragen, während er das Gefäß mit seiner Magie formte. Er biss die Zähne zusammen.

Du hast es gleich geschafft, munterte Frost ihn auf. *Es fehlt nur noch der Deckel.*

„Meine Hände sind fast verbrannt." Valadur betrachtete seine schmerzenden Finger.

Wenn du kein Dramagus wärst, wären deine Hände nur noch verkohlte Klumpen, erwiderte Frost. *Konzentriere dich! Tief in dir ist die Magie, die Drachenmagie!*

23

Valadur schloss wieder die Augen. Tief in seinem Inneren zerbrach sein Selbstzweifel und setzte eine Kraft frei: Selbstvertrauen! Er öffnete die Augen und blickte auf seine Hände, die unverletzt waren.

„Jetzt brauche ich nur noch das *Kalte Feuer*", sagte er.

Forst lachte. *Stell das Gefäß vor mir ab. Ja, so ist es gut.* Er beugte sich hinunter, zielte und spuckte eine kleine blaue Flamme hinein. *So fertig,* sagte er.

„Das ist alles?", fragte Valadur. „Du spuckst kaltes Feuer?"

Frost nickte. *Eisdrachen und heißes Feuer würde doch gar nicht zusammenpassen.*

* * *

Valadur lief durch die Gänge seiner Schule. Wenn er aus dem Fenster blickte, konnte er Frost sehen, der auf der Wiese lag. Der Drache gab ihm Mut.

„Valadur, du bist schon zurück", wunderte sich sein Lehrer. „Gibst du auf?"

„Nein!" Er stellte das Gefäß, in dem das *Kalte Feuer* blau leuchtete, auf das Pult.

Seinem Lehrer blieb der Mund offen stehen.

* * *

24

„Die Drachen wollen, dass ich … den Titel Dramagus bekomme", erklärte er schüchtern. Dann öffnete er das Gefäß und griff hinein.

„Was tust du da, Junge?", fragte sein Lehrer erschrocken. „Das ist viel zu gefährlich. Du wirst dich verletzen."

Valadur holte das *Kalte Feuer* heraus. Eine Eisschicht bildete sich um seine Hand, als Beweis, dass es echt war.

Sein Lehrer starrte ihn weiter mit offenem Mund an. „Nun, einen Dramagus gibt es nur alle paar Generationen", erklärte er. Dann schien ihm etwas einzufallen. Als er weitersprach, lächelte er. „Immer, wenn ein Dramagus unter uns weilt, glauben wir Lehrer zuerst, dass er ein Versager ist."

Ehrfürchtig beugte er den Kopf. „Willkommen, Dramagus Valadur!"

Drachenmond

Von Albertine Gaul

Wachsame grüne Augen beobachteten die Gruppe auf der Anhöhe vor der Drachenhöhle. Das Wesen duckte sich, doch die vier Reiter konnten seinen Kopf ohnehin nicht von Stein und Geröll unterscheiden. Beides sah gleich aus, grau und gezackt.

Ein seltsamer Geruch wehte ihm in die empfindlichen Nüstern, ein Geruch, der ihn an etwas erinnerte. Doch so sehr sich der Drache auch das Hirn zermarterte, er wusste nicht, an was.

„Es müsste gleich dort oben sein", meinte eine der beiden Frauen, die, deren Duft ihm unwiderstehlich in die Nase drang.

„Bist du sicher, Brione?", fragte ihr Begleiter, ein Bär von einem Mann, mit blondem Bart und einem Langbogen auf dem Rücken.

„Ja, Gauwill, laut der Aussage von Tiny Damson hat Tercan Südwind seinen Sohn in diese Berge verbannt. Auf dem höchsten Gipfel müsste sich die Burg befinden, in der er lebt." Sie wischte sich eine Strähne ihres blonden Haares aus dem Gesicht.

„Und du glaubst seiner Dienerin?“, fragte die zweite Frau, eine Schönheit mit schwarzen Haaren und einem Schwert am Gürtel.

„Natürlich, Arild. Warum sollte sie mich belügen? Schon damals hat sie mir geholfen, wenn ich Tiordan besuchen wollte. Nein, ich glaube nicht, dass sie mir Böses will.“

„Das mag stimmen“, mischte sich nun der zweite Mann ein, schmächtiger als sein Begleiter, mit schmalen Händen und einem Zauberstab in der Satteltasche. „Doch wer hat eure Flucht vor drei Sommern verraten, Brione? Oder wusste noch jemand von dem Plan?“

„Nein, nur Tiordan, ich und Tiny. Aber ich gebe zu bedenken, dass Tercan ein mächtiger Zauberer ist, der uns sicher belauscht hat. Schließlich hat er von unserer Liebe erfahren und sie nicht gutgeheißen, genauso wenig wie mein eigener Vater, Datane Ochsenauge.“

In dem Drachen weckten diese Worte lange vergessene Erinnerungen, Erinnerungen an ein anderes Leben aus der Zeit vor seiner Verbannung in die Berge. An eine Frau und eine Liebe, die auf so tragische Weise endete. Leise schnaubte er.

„Oh, hört ihr das?“, rief der schmale junge Mann. „Das klingt nach einem Drachen.“

„Ich höre nichts", antwortete Brione. „Bist du sicher, Jamond?

„Da war ein Schnauben – ganz in der Nähe", rief Jamond aufgeregt. „Wir sollten wachsamer sein. Schließlich möchte ich nicht geröstet werden."

„Du musst dich irren", sagte Arild bedächtig. „Hier gibt es für den Drachen nichts, was er begehren könnte, weder Schätze noch Jungfrauen."

„Dich ausgeschlossen", stichelte Gauwill.

„Benehmt euch", mischte Brione sich in das Gespräch der beiden. „Ich suche den Drachen. Wenn er hier ist, bin ich froh. Mit Schaudern denke ich an die Strafe, die sich Tercan für seinen Sohn ausgedacht hat." Gedankenverloren rieb sie sich ihren Arm, an dem eine lange Narbe vom Ellenbogen zum Handgelenk verlief. „Es ging ganz schnell", flüsterte sie. Dabei spürte sie, dass ihr Tränen in die Augen traten. „Eben stand da noch mein Liebster, kurz darauf ein Monster, das mich nicht mehr erkannte. Hätte ich damals nicht so schnell reagiert, würde ich heute nicht nach ihm suchen."

„Ich kenne die Geschichte", meinte Jamond sanft. „Trotzdem – willst du dich dem Biest wirklich stellen?"

„Ich muss, denn ich liebe Tiordan noch immer. Wenn ich ihm nicht helfe, sich wieder in einen Menschen zu verwandeln –

wer dann?" Mit dem Handrücken wischte sie sich die Tränen aus den Augen. „Reiten wir zur Burg und bringen es hinter uns."

* * *

Der Drache hatte die sonderbaren Worte vernommen, Bilder tauchten in seinen Gedanken auf. Von der nächtlichen Flucht und dem heißen Feuer, das ihn fast verzehrt hatte, als der mächtigste Magier im Land, wohl sein Vater, den Zauber vollzog, der ihn für immer von seiner Liebsten trennen sollte. Nur weil sie die Tochter seines Erzrivalen und Feindes Datane Ochsenauge war. Im nächsten Moment verblassten die Bilder schon wieder.

Vorsichtig schob er seinen mächtigen Leib aus der Höhle, in der er geruht hatte. Von den Reitern war nun nichts mehr zu sehen, denn ihr Weg führte sie in einiger Entfernung an der Drachenhöhle vorbei, einen schmalen Pfad hoch, der an der Burg endete.

Sie würden ihn auch nicht hören, wenn er mit ledernen Schwingen in die Berge flog, um ihnen zuvorzukommen. Schließlich gehörte es sich für einen Drachen, seine ungebetenen Gäste dort zu empfangen, wo er klar im Vorteil war, nämlich auf den Zinnen der mächtigen Drachenburg.

Mit einem kräftigen Schwung erhob er sich, drehte eine kurze Runde über dem Abhang und steuerte dann sein Heim an. Dort lebte er nun schon den dritten Sommer, zumeist als Drache, nur bei Vollmond in seiner wahren menschlichen Gestalt.

Je höher er kam, desto kühler wurde es. Auf den Zinnen der alten Burg wehte ein eisiger Wind, der die Kühle aus den Bergen mitbrachte. Das wusste er. Trotzdem steuerte er grazil und zielsicher die höchste Spitze der Burg an.

Von dort konnte er die Reiter sehen, die sich mutig in sein Reich wagten.

„Seht nur!", rief Brione erfreut und deutete mit dem Arm nach oben. „Dort ist er. Wir haben Glück."

„Er sieht gefährlich aus", meinte Arild kritisch und tastete nach ihrem Schwert. „Ob er sich auf uns stürzt? Schließlich hört man die sonderbarsten Geschichten. Bist du wirklich sicher, dass du weißt, was du tust, Base?"

„Ja, meine Liebe", erwiderte Brione lächelnd. Sie konnte die Augen nicht von dem großen Geschöpf wenden, das von der Turmspitze herunterstarrte, wie sie vermutete.

„Er sieht noch so aus wie vor drei Sommern", fügte sie leiser hinzu, mehr zu sich selbst. „Ich komme, liebster Tiordan, und rette dich aus deiner misslichen Lage."

* * *

Der Drache sog tief die Luft ein. Wieder tauchten Bilder vor seinem inneren Auge auf. Diesmal waren sie nicht schön. Sie drehten sich um Drachenjäger, die nur eins wollten: seine Haut! Zornig fauchte er die Menschen an, bevor er sich von der Turmspitze löste und über den Vorplatz segelte.

* * *

„Er greift an", brüllte Gauwill und zerrte seinen Bogen vom Rücken. „Er wird uns umbringen. Brione, pass auf deinen Kopf auf."

Nur knapp streiften die Schwingen über Briones Haare hinweg.

„Nein!", brüllte sie und zügelte ihr Pferd, um Gauwill daran zu hindern, einen Pfeil abzuschießen. „Nein! Es ist Tiordan. Verletz ihn nicht, verdammt!"

„Er wird uns in Stücke reißen", schrie Jamond, während er nach seinem Zauberstab tastete. „Ich banne ihn mit einem Fluch."

„Hört auf! Ich will nicht, dass ihm etwas geschieht", fauchte Brione. „Ich finde einen Weg. Verlasst euch darauf."

Wieder flog der Drache einen Angriff über ihren Köpfen, bevor er auf seinen Beobachtungsposten zurückkehrte.

„Was hast du vor?", fragte Gauwill. „Wie willst du in die Burg gelangen?"

„Ich gehe allein", bestimmte Brione „Ihr wartet hier auf mich."

„Und dann?"

„Dann, liebe Arild, erinnere ich Tiordan daran, wer er in Wahrheit ist. Hat nicht Tiny gesagt, dass nur die Liebe zählt? Wenn er mich als Mensch wirklich liebt, wird er mir nichts tun." Wieder wanderte ihr Blick hinauf zur Turmspitze.

„Er wird dich nicht hineinlassen. Noch scheint kein Vollmond",
gab Jamond zu bedenken.

„Ich weiß das alles. Trotzdem muss ich es wagen. Viele Jahre
habe ich Tiordan gesucht, bis ich im letzten Frühjahr seine
Spur fand. Wenn es mir nicht gelingt, ihn zu überzeugen,
möchte ich auch nicht mehr leben." Brione seufzte.

„Du bist jung und wirst ihn vergessen", sagte Arild. „Es gibt
viele andere Männer im Land, die keine Drachen sind."

„Du redest nur so, weil du eine Amazone bist", erklärte Brione
empört. „Ich will keinen anderen Mann, ich will Tiordan."

„Ich verstehe, Base. Verzeih mir!"

„Wir warten auf dich, Base", sagte Gauwill, „egal, wie es
endet."

Jamond nickte.

„Ich danke euch." Mit Schwung rutschte Brione aus dem
Sattel. „Wir sehen uns spätestens morgen früh. Wünscht mir
Glück!"

Die drei hoben die Hände zum Abschied. Brione war sich
sicher, dass ihre Freunde sie beobachteten, als sie sich jetzt
aufmachte, das schwere Tor zu öffnen, um auf den Burghof zu
gelangen.

* * *

Der Drache beobachtete das Treiben der Frau mit gemischten Gefühlen. Was hatte sie bloß vor und warum begleiteten die anderen sie nicht? Argwohn nistete in seinem Herzen. Er glaubte an einen Hinterhalt, fürchtete nicht nur um sein Heim, sondern auch um sein Leben.

Ich muss sie im Blick behalten, dachte er. *Sie sind hier, um mich zu töten. Egal, was sie auch sagen, ich spüre ihre Feindseligkeit und ihren Hass. Es wäre mir ein Leichtes, sie auszulöschen. Doch zuerst will ich sehen, wie weit sie gehen.*

Er atmete den Duft der Frau ein, der ihn an vergangene Zeiten erinnerte. Trotzdem blieb er wachsam und zögerte noch, bevor er auf den Burghof flog.

* * *

Brione hatte mittlerweile das äußere Tor hinter sich gelassen und war in den Burghof gesprungen. Von hier hatte sie einen wunderbaren Blick auf den schwarzen Drachen, der wie ein furchterregendes Untier auf dem Dach hing.

„Ich bin Brione", rief sie. „Erinnerst du dich an mich, Tiordan?"

Der Drache legte den Kopf schief und nieste.

„Nein? Dann komm und sieh mich an. Einst liebtest du mich."

Sie hob die Hände in die Höhe, als wollte sie ihn in ihre Arme schließen. „Und ich liebe dich."

Es verursachte ein scharrendes Geräusch, als der Drache nach vorn bis zur Dachrinne rutschte.

„Trau dich doch", lockte Brione, „ich bin nicht dein Feind."

Der Drache fauchte leise, doch es hörte sich nicht sehr böse an. Vorsichtig hangelte er sich noch etwas tiefer bis zu einem Fenstersims, von wo aus er Brione noch besser in Augenschein nehmen konnte. „Was willst du hier, Menschenfrau?", knurrte er. „Ich habe dich nicht gebeten, meine Burg zu betreten."

„Ich möchte dich retten", antwortete Brione fest. „Der Drache ist nicht deine wahre Gestalt. Wer du wirklich bist, zeigt sich nur bei Vollmond, also heute Nacht. Wenn du mich am Leben lässt, verrate ich dir, wer ich bin."

„Was hindert mich daran, dich zu fressen?"

„Meine Liebe zu dir, Tiordan, Sohn des Zauberers. Wegen eines alten Streits musst du nun leiden und ich auch. Viel zu lange waren wir getrennt. Es wird Zeit, den Fluch aufzuheben."

„Und wenn mir diese Gestalt gefällt?"

„Das glaube ich nicht. Du erinnerst dich an mich. Ich sehe, wie du schnupperst. Verschone mich bis zum nächsten Morgen und ich zeige dir, was wahre Liebe ist."

Sie trat näher an den Turm, sodass der Drache ihr in die Augen sehen konnte. „Komm zu mir. Sprich mit mir, Tiordan."

Der Drache drehte den Kopf. Wahrscheinlich überlegte er, ob er ihr trauen konnte. „Nun gut, Frau. Ich glaube dir. Doch solltest du mich hinter das Licht geführt haben, verspeise ich dich morgen zum Frühstück."

Er löste sich vom Sims, breitete seine Schwingen aus und segelte auf den Burghof.

Brione betrachtete seine schwarzen Schuppen, die im Licht schimmerten, seine ledernen Flügel und die grünen Augen, die sie so sehr an ihren Liebsten erinnerten. „So ist es besser. Im Grunde deines Wesens hast du dich nicht sehr verändert, Tiordan. Immer schon mochtest du schwarz, daher nannte man dich den *Schwarzen Ritter*. Und deine Augen haben noch die gleiche Farbe wie zuvor."

Der Drache schwieg. Es kam Brione so vor, als wäre er tief in Gedanken versunken.

„Du hast dich auch nicht verändert, Brione", antwortete er schließlich und beschnüffelte sie ausgiebig. „Dein Geruch ist derselbe und auch dein Humor. Soll ich dir die Burg zeigen?"

„Gern."

„Dann komm!" Er stakste vor ihr her durch ein Tor, das ins

Innere der Burg führte. In den Gängen roch es nach Feuchtigkeit und verfaultem Fleisch. Dann aber betraten sie einen Raum, der ganz anders war als der Rest der kalten Burg. Hier herrschte Wärme. Brione wusste sofort: Das waren die Räume, die der Mensch Tiordan nutzte. Es gab ein Bett, Teppiche auf dem Boden und lederne Sessel um einen massiven Holztisch. Dort lagen etliche Bögen Papier, übersät mit einer feinen Handschrift.

„Dies gehört zu meinem anderen Ich", sagte der Drache leise, „zu dem Tiordan, den du kanntest."

„Ja, und den ich liebe."

„Bleib hier heute Nacht. Falls du mich aber belogen hast, wirst du sterben. Viele kamen, die Schätze des Drachen zu rauben, Schätze, die nur in ihren Gedanken existierten." Er gab ein schnaubendes Geräusch von sich, wohl ein Lachen. „Zählst du auch dazu?"

„Nein, ich bin nur wegen Tiordan hier. Ich will den Fluch aufheben."

„Und deine Begleiter?"

„Meine Base und meine Vettern, Söhne und Töchter meiner Tanten. Ich erzählte dir von ihnen, als wir uns das letzte Mal sahen."

„Ist lange her." Dann verließ der Drache sie. Schweigend wartete Brione auf die Nacht. Als sich tiefe Schwärze über das Land gelegt hatte, ging der Vollmond auf.

* * *

Tiordan betrat den Raum. Er hatte in der Zwischenzeit über diese Frau nachgedacht. Ihr Gesicht kam ihm verdächtig bekannt vor, genauso wie ihr Duft. Auch glaubte er nicht, dass sie es auf seine Schätze abgesehen hatte.

„Bist du sicher, dass es funktioniert?", fragte er voller Zweifel.

„Küss mich und wir sehen weiter."

Er tat es und in diesem Moment erinnerte er sich wieder an die Frau, die er einst geliebt hatte. Dieses Mal würde die Erkenntnis nicht mehr verblassen. Dessen war er sich gewiss.

Ein Ruck ging durch seinen Körper. Nebel stieg auf und er spürte, dass seine Drachengestalt von ihm abfiel, auf Nimmerwiedersehen im Dunkel der Geschichte verschwand.

„Ich lebe", rief er und umarmte Brione stürmisch, „ich lebe."

„Ja, es hat gewirkt", flüsterte sie.

Er wusste nicht, ob sie lachte oder weinte, aber sie hatten sich wieder. Endlich!

Drachenblut

von Dirk Mühlinghaus

Es war Elsleins letzte Chance. Die Achtjährige kämpfte sich den bewaldeten Hang entlang. Über ihr auf dem Bergkamm wachte die Sigiburg, unter ihr im Tal mündete die Lenne in die Ruhr, die sich weiter gen Westen schlängelte. Elslein pustete sich eine blonde Haarsträhne aus dem Gesicht. Als sie sich dem Plateau näherte, wurde der Eingang zu einer Höhle sichtbar, so, wie es ihr Vater beschrieben hatte. Sie verschwand in dem dunklen Schlund. Angst schnürte ihre Kehle zu wie Garn eine Spindel und erschwerte das Atmen. Allein die Liebe zu Vater, Mutter und Bruder befahl ihren Beinen, sie weiter in den Berg zu tragen. Nach einer Kurve wurde es so dunkel, dass sie sich mit den Händen an den Felsen entlangtasten musste, bis vor ihr zwei feuerrote Punkte erschienen, die in der Dunkelheit nach oben wanderten, ohne den Abstand zueinander zu verändern.

„Warum so ängstlich, kleines Mädchen?", ertönte eine Stimme. Ihr Klang war freundlich. Langsam beruhigte sich Elslein etwas. Das Hämmern in ihrer Brust glich nicht mehr dem Trommeln der Kriegsknechte des Grafen.

Ein Feuerstrahl erhellte für einen Wimpernschlag die Höhle, traf einen Holzhaufen und entzündete ihn. Elslein kniff die Augen zusammen. Nach und nach erkannte sie einen großen dunkelgrauen Leib mit einem Schwanz. Die Flügel lagen an den Flanken des Körpers. Auf dem dünnen Hals saß ein Kopf mit einer langgezogenen Schnauze.

„Seid Ihr Ambrosius?"

„Der bin ich, Fräulein. Und wer beehrt mich?"

„Ich bin Elslein, die Tochter von Johan Brower."

Elsleins Augen füllten sich mit Tränen, als sie den Namen ihres Vaters aussprach.

„Ich kenne deinen Vater. Er ist einer der Bauern aus der *Freiheit Westhofen*. Aber warum bist du so traurig, mein Kind?"

„Gottes Zorn kam über meine Familie. Die Pestilenz hat uns ergriffen wie der Fang eines Wolfes den Hals eines Kitzes. Mein ältester Bruder – der Herr hab ihn selig – ist bereits von uns gegangen."

Ambrosius schniefte. „Das ist ja furchtbar. Bist du hier, weil du glaubst, dass ich der Krankheit Einhalt gebieten kann? Ich bin nur ein Drache, kein Medicus."

„Mein Vater sagt, dass dein Blut heilende Kräfte besitzt."

Der Drache schwieg. Elslein spürte, dass er das Risiko abwog. Wenn er ihrer Bitte entsprach und etwas von seinem Blut opferte, begab er sich in große Gefahr.

Schließlich schnaubte Ambrosius und sagte: „Bei diesem hoffnungsvollen Blick schmilzt mein Herz, als sei es in Lava gefallen. Seit vielen Jahren lebe ich in Frieden mit den Bauern. Ich schütze sie und helfe ihnen. Im Gegenzug lassen sie mich hier in Ruhe leben. Deshalb werde ich dir helfen, aber dass deine Familie durch mein Blut geheilt wurde, muss unser Geheimnis bleiben. Schwöre es mir."

Als Elslein den heimatlichen Hof erreichte, stand der Mond bereits am Himmel. Bevor sie ihrer Familie das Blut des Drachen verabreichte, nahm sie allen das Versprechen ab, nichts zu verraten.

* * *

Während es Elsleins Familie mit jedem Tag besser ging, deckte der schwarze Tod die Abgründe der Menschheit auf. Elslein fragte sich, ob das die wahre Strafe Gottes war. Büßer wanderten von Ort zu Ort. Sie peitschten sich selbst ihre nackten Rücken blutig, um die Apokalypse zu verhindern. In Suerte bezichtigte man die Juden, die Brunnen vergiftet zu haben und vertrieb sie. Jede Nacht fuhren die Karren der Pestknechte, bis zum Bersten mit Leichen beladen, zu den Massengräbern vor den Städten und Dörfern, wo man sich der verbeulten Überreste der Verstorbenen entledigte. Die Nächstenliebe verdorrte wie eine Pflanze, die nicht mehr gegossen wurde. Jeder war nur noch auf sein eigenes Wohl und das der Seinen bedacht. Die Herzen der Menschen wurden von Missgunst vergiftet. Familien, die es nicht so hart getroffen hatte wie andere, gerieten schnell in den Ruf, einen Pakt mit dem Teufel geschlossen zu haben.

Und so kam es, dass Elsleins Familie Besuch von Pfarrer Wendland bekam. Elslein erschrak ein wenig über den seltenen Gast. Sie ahnte nichts Gutes, beobachtete, was geschah und hörte ganz genau zu. Ihr Vater begrüßte den Geistlichen, der wie üblich seine Soutane trug, und führte ihn in den Wohnraum des langen Fachwerkhauses. Der große, dürre Pfarrer nahm auf einem Holzhocker am Tisch Platz. Ihre Mutter servierte einen Becher Dünnbier. Dann bat der Pfarrer darum, dass sich alle mit an den Tisch setzten.

„Mein Haushalt hat sich nun auf Euer Verlangen versammelt, Ehrwürden. Wie Ihr wisst, ist mein Ältester erst vor Kurzem heimgekehrt", sagte Elsleins Vater.

„Der Herr ruft in diesen Zeiten viele vor seinen Thron", erwiderte der Pfarrer.

„Was ist Euer Begehren?", fragte ihr Vater.

Elslein bemerkte, dass sich auf der hohen Stirn des Geistlichen tiefe Falten bildeten. „Gerüchte Johan, Gerüchte, die mir große Sorgen bereiten."

Vater nahm Mutters Hand, schaute Elslein und ihrem Bruder kurz in die Augen. „Wir haben uns nichts zu Schulden kommen lassen."

Der Pfarrer stand auf. „Man munkelt, in eurem Hause gingen absonderliche Dinge vor sich. Die Menschen um euch herum verlieren ihre Liebsten. Deine ganze Familie war von der Krankheit befallen. Dein Ältester starb, aber ihr anderen habt erstaunlicherweise dem Tode getrotzt. Warum?"

Jetzt erhob sich auch Johan. „Bei Gott, wir haben nichts Unrechtes getan."

Der Priester lächelte. „Würdest du das auf die *Heilige Schrift* schwören?"

Ihr Vater fiel auf seinen Schemel zurück und schluckte.

„Das habe ich mir gedacht. Ich werde den Grafen aufsuchen. Der wird schon rausbekommen, wer euch verhext hat."

Elslein wurde übel. Mit dem Blick eines kleinen Jungen, den man beim Stehlen erwischt hatte, schaute ihr Vater zu ihr herüber. *Nein, er darf es nicht sagen. Ich habe Ambrosius doch mein Wort gegeben*, flehte sie im Stillen.

„Vergib mir, Elslein", flüsterte Johan „Es stimmt, wir waren alle krank, aber unsere Genesung hat nichts mit Ketzerei zu tun. Wenn meine Elslein nur einen Tag später gekommen wäre, dann ..."

In den Augen des Pfarrers glühte plötzlich ein gieriges Feuer. „Nun lass dir nicht alles aus der Nase ziehen. Wie hat sie euch geholfen?"

„Sie hat uns das Blut des Drachen verabreicht."

Die Worte peitschten wie eine Geißel der Flagellanten auf Elsleins Gewissen.

„Du hast gesündigt, Johan Brower. Nicht auszudenken, wie viele geliebte Schäfchen unseres Herrn wir hätten retten können, wenn du dein Geheimnis mit uns geteilt hättest. Aber du zeigst Reue und Gott ist barmherzig. Gegen einen Ablass wird er dir und deiner Familie vielleicht vergeben", sagte der Pfarrer mit einem merkwürdigen Glitzern in den Augen. Dann ging er zur Tür.

„Ihr dürft ihm nichts tun", schrie Elslein und hielt den Geistlichen an seiner Soutane fest.

Der drehte sich und schlug ihr mit dem knochigen Handrücken gegen die Wange. Sie fiel und begann bitterlich zu weinen.

Johan beugte sich schützend über seine Tochter und nahm sie in die Arme.

„Bei der heiligen Jungfrau Maria, halt deine verzogene Göre zurück. Wenn du sie keinen Respekt lehren kannst, werde ich es tun."

Elslein sah, dass ihr Vater den Pfarrer mit einer Zornesfalte zwischen den Augen anfunkelte. „Gehabt Euch nun wohl, Ehrwürden", knurrte er.

Endlich verließ der Priester das Haus.

* * *

Fünf Tage später näherten sich Soldaten, die vor einem Fuhrwerk marschierten, Westhofen. Angeführt wurden sie von einem Ritter auf seinem Ross. Es war Hermann von Wanthoff, der Droste von Wetter und rechte Hand des Grafen Engelbert von der Mark. Elslein rannte mit allen anderen Kindern zu dem Fuhrwerk. Ihr stockte der Atem. Ambrosius war mit Seilen auf das Gefährt gebunden. Seine Hinterbeine schleiften auf dem staubigen Boden. Der Schwanz hing im Dreck und zog eine traurige Spur hinter sich her. Die feuerroten Augen waren erloschen und um seine Schnauze war ein Korb aus Eisengeflecht befestigt.

„Ambrosius!", rief Elslein verzweifelt.

Die Lider des Drachen öffneten sich müde. „Elslein, hat mein Blut deiner Familie geholfen?"

Ihr rollten Tränen über die Wangen, als sie nickte.

Der Drache lächelte. „Das freut mich, aber für meine Gutmütigkeit zahle ich nun einen hohen Preis."

„Warum spuckst du kein Feuer und fliegst einfach davon?"

„Sie haben meine Feuerdrüsen mit glühenden Eisen verödet, mich an den Beinen aufgehängt, ein großes Schröpfeisen in den Hals gerammt und mich ausbluten lassen, bis ich fast tot war. Wenn sie wenigstens allen mein Blut geben würden, aber sie verkaufen es an Erzbischöfe, Kaiser, Könige und reiche Kaufleute."

Elslein fiel auf die Knie. Mit den geliebten Schäflein Gottes, die der Pfarrer retten wollte, waren nur die gemeint, die zahlen konnten. Das Fuhrwerk verschwamm in ihren Tränen. Doch als es in ein Waldstück polterte, geschah etwas.

Zwischen den Bäumen stürmten von allen Seiten Männer hervor, die Gesichter vermummt. Dreschflegel, Mistgabeln und Sensen trafen auf die Schwerter und Hellebarden der Waffenknechte des Drosten. Ein wilder Kampf entfachte. Elsleins Herz schlug wild, Hoffnung keimte in ihr auf.

Hermann von Wanthoff und seine Männer versuchten standzuhalten. Doch die Angreifer wichen den Hieben der Soldaten geschickt aus und sie waren in der Überzahl. Es dauerte nicht lange, bis sie die Mannen des Grafen in die Flucht schlugen.

Die Vermummten durchschnitten Ambrosius' Fesseln, entfernten den eisernen Korb von seiner Schnauze und schoben das Fuhrwerk in den Wald.

* * *

Als Elsleins Mutter am Abend eine Platzwunde am Kopf ihres Vaters verarztete, lächelte sie ihn an. Und Johan lächelte zurück. Elslein ging daraufhin in die Kirche. Sie betete für Ambrosius, den Drachen, wünschte ihm Frieden und dankte Gott für seine Barmherzigkeit.

In Hagats Fängen

von Julia Ostrau

Abermals hallte ein schmerzerfülltes Brüllen durch die Gänge. Mit jedem Widerhall schien es lauter zu werden. Ich presste meine Hände fester gegen meine Ohren, doch ich schaffte es nicht, die furchtbaren Laute aus meinem Kopf zu verbannen. Wann war es endlich vorüber?

Meine tränennassen Augen erschwerten mir die Sicht, als ich durch die Luke in der Verliestür spähte. Ich wischte die salzigen Spuren von meiner Wange und blinzelte, um klar sehen zu können. Wie in den vergangenen vier Monaten jagte Meister Hagat unerbittlich Flüche auf den in Ketten liegenden Drachen, der erneut aufschrie. Sein Schmerz durchfuhr mein Herz, als hätte der Fluch mich an seiner Stelle getroffen. Wieder kämpfte ich vergeblich mit den Tränen. Nein, selbst eine solch wilde Kreatur verdiente nicht so viel Grausamkeit. Doch niemand interessierte sich für die Meinung einer Stallknechtstochter – schon gar nicht ein hochgeborener Magier.

Endlich ließ er vom Drachen ab und stürmte wutentbrannt

Richtung Tür. Ich sprang zurück, verbarg mich im Schatten eines Wandvorsprunges und hielt den Atem an. Hagat eilte an mir vorüber, ich lauschte seinen Schritten nach, bis es still war. Erst dann schlich ich in die Höhle, die er zu seiner Folterkammer gemacht hatte.

Reglos und schwer atmend lag der Drache auf der Seite. Der Kampf hatte ihn an den Rand seiner Kräfte getrieben, nicht einmal die kleinste Flamme brachte er mehr zustande. Doch es war gleich, welche Gräuel Hagat ihm antat. Ich war mir sicher, dass sich der Drache niemals ergeben würde. Ich wusste nicht, ob er mich vor lauter Erschöpfung nicht bemerkte oder ob er in mir keine Bedrohung sah. Er ließ mich einmal mehr ungehindert über die Ketten hinwegsteigen. Ich verschwendete keine Zeit mehr damit, sie öffnen zu wollen. Eisen, die einem Drachen standhielten, waren nur mit Magie zu lösen. Auch wenn mir das gelungen wäre, hätte der Drache in seiner Verfassung das Fallgitter vor dem großen Ausgang niemals durchstoßen können, gleichgültig wie marode es war.

Behutsam strich ich die Salbe aus Druidenkraut und Alraune, die ich für die Pferde verwendete, auf seine Wunden. Unter meinen Händen stöhnte er auf, doch er war zu schwach, um mich wegzustoßen oder gar zu verletzen. Was ich für ihn tun konnte, war nicht viel, doch ich hoffte, dass die geriebene Zundernuss ihm Linderung verschaffte – zumindest bis zum nächsten Kampf.

* * *

Am folgenden Morgen waren es nicht die Schreie des gepeinigten Wesens, die mich weckten –es war die Stille. Beunruhigt verließ ich meine Pritsche. Käse und Nüsse, die mein Vater mir bereitgestellt hatte, würdigte ich nur eines flüchtigen Blickes. Die Sorge um den Drachen vertrieb jeglichen Hunger. Ich eilte zum Verlies hinunter. War der Magier bei seiner Folter zu weit gegangen? Hatte er ihn getötet? Einen Augenblick lang wünschte ich, dass es so wäre. Dann wären seine Qualen endlich vorüber.

Die Tür zur Höhle stand offen, heraus drangen ekelerregende Laute. Der Drache hatte seine Fänge im Inneren eines Rindes vergraben und fraß sich unter lautem Schmatzen durch die Eingeweide.

„Seltsam, nicht?", fragte Ian. Sein Herantreten hatte ich nicht bemerkt. „Erst lässt mein Vater ihn wochenlang hungern und jetzt hat er gleich zwei Bullen bringen lassen."

„Tot nützt er ihm nichts."

„Man könnte glauben, er prüft die alten Legenden auf ihre Wahrheit. Er ordert Rinder, sendet Peren aus, ein Einhorn zu fangen, als liefen die einfach über die Wiese." Er schnaubte belustigt. „Ein Diener schleppt seit Sonnenaufgang Gold hinunter. Fehlt nur noch, dass er ihm eine Jungfrau opfert."

Erschrocken starrte ich ihn an.

„Was schaust du so? Ist dir ein Toter begegnet?"

„Ich bin die Einzige", sagte ich so leise, dass er es kaum verstehen konnte.

„*Was* bist du?"

„Die einzige Jungfrau."

Mein anfänglicher Schrecken wuchs binnen Lidschlägen zu einer ausgewachsenen Angst an, die mir schwer wie Blei im Magen lag.

Ians Miene wurde ernst, als er mich bei den Schultern fasste und eindringlich ansah. „Alia, du hast nichts zu befürchten", sagte er.

„Wie kannst du sicher sein? Du weißt, wie besessen dein Vater von dem Gedanken ist, über den Drachen zu gebieten."

„Ein Menschenopfer? Sei vernünftig, so weit würde er nicht gehen."

„Und wenn doch?"

„Im Dorf gibt es gewiss ein Mädchen, dem ich noch nicht die Unschuld geraubt habe", sagte er mit einem Zwinkern und entließ mich aus seinem Griff. „Und ich wette meinen linken Arm, dass bei unserer dicken Grita auch noch nie ein Mann gelegen hat. Aber ihre Früchtekuchen würde ich vermissen."

* * *

Obwohl ich in den folgenden Tagen keine Schmerzensschreie mehr vernahm, schien die Zähmung des Drachen nicht die gewünschten Fortschritte zu machen. Mit jedem Rückschlag verringerte sich auch Hagats restliche Geduld. Gold und Vieh hatten ihre Wirkung verfehlt. Trotz meiner Befürchtungen, welchen Schritt er als Nächstes gehen würde, folgte ich ihm auch an diesem Tag zum Verlies. Ich schlüpfte durch die Tür und verbarg mich hinter einem Felsbrocken, als ich ein glockenhelles, doch angsterfülltes Wiehern vernahm. Keines unserer Pferde hatte je solche Laute von sich gegeben. Voll düsterer Vorahnung streckte ich den Kopf aus meinem Versteck hervor.

Fünf Söldner zerrten ein verzweifelt kämpfendes Einhorn an Stricken aus einem Wagen. Jeder Muskel unter dem silbrigweißen Fell war angespannt. Sein bevorstehendes Ende witternd, stellte es sich auf die Hinterbeine, versuchte, sich von den Fesseln zu befreien. Unnachgiebig zogen die Männer es hinter sich her, während der Magier den Drachen mit verkürzten Ketten im Zaum hielt. Fassungslos darüber, dass Hagat plante, dieses unschuldige, reine Wesen für sein Vorhaben zu opfern, beobachtete ich, wie sie es festbanden. Meine Eingeweide zogen sich zusammen bei dem Gedanken, was gleich geschehen würde. Ich wandte den Blick ab, aber das Wiehern verfolgte mich wie zuvor das Brüllen, bis es unter leisem Gurgeln erstarb. Als ich kein Schmatzen mehr vernahm, traute ich mich wieder hinzusehen.

Sich der Erreichung seines Zieles sicher wähnend, schritt Hagat auf den Drachen zu, der mit blutverschmierter Schnauze vor ihm kauerte und jede seiner Bewegungen verfolgte. Er ließ den Magier Schritt um Schritt näherkommen. Als nur noch eine Manneslänge zwischen ihnen lag, riss der Drache sein Maul auf und spie gewaltige Flammen nach ihm. Sie verbrannten einen großen Teil des magischen Schildes, mit dem sich der Meister schützte. War es das Fleisch des Einhorns, das dem Drachen zu neuer Macht verholfen hatte?

Hagat wich fluchtartig zurück, kam direkt auf mich zu. Ich erstarrte. Als er neben die Tür des Verlieses trat, traf mich sein

Blick. Ertappt zuckte ich zusammen, auch der Magier hielt inne. Ohne seinen Blick von mir zu nehmen, klopfte er sich mit harten Gesten Asche und Staub vom Gewand. Er beachtete nicht einmal den Drachen, der sich hinter ihm in die Eisen warf, dabei sein Feuer in alle Richtungen spie. Wie ein Wolf, der seine Beute umkreiste, kam er näher. Ich wagte kaum zu atmen. In seinen Augen spiegelte sich die Gier; ich hatte so wenig Gnade zu erwarten wie das zerfleischte Einhorn. Nichts konnte mich retten, solange ich Jungfrau war. Seine Absichten waren nicht zu leugnen, selbst wenn der Gott der Wahrheit mir das Gegenteil geschworen hätte. Der Gedanke löste meine Erstarrung. Ich duckte mich unter dem Arm des Magiers hindurch und lief los.

Hinter mir schrie er: „Peren, bring mir die Kröte, sonst ..."

Den Rest hörte ich schon nicht mehr, ich rannte zu Ians Kammer. Mir blieb nicht viel Zeit. Gewiss würde Hagat nicht zögern, sein Vorhaben umzusetzen. Es gab nur einen Ausweg, um meine Haut zu retten.

„Du musst mir helfen", rief ich, drängte mich an ihm vorbei und verriegelte die Tür.

Verwirrt sah er mich an, als ich ihn zum Bett zog.

„Nimm mir die Unschuld. Schnell!"

„Was ist in dich gefahren?"

„Dein Vater will mich dem Drachen opfern."

Ich machte mich an seinem Wams zu schaffen, doch meine Finger zitterten so stark, dass ich kaum einen Knopf lösen konnte.

Fassungslos starrte er mich an. „Das kann nicht dein Ernst sein." Er hielt meine Hände fest.

„Ich scherze nicht." Heftig entwand ich mich seinem Griff und öffnete meinen Ledergürtel. „Du brauchst mir keine Beteuerungen zu machen wie deinen Liebchen im Dorf. Ich verlange nichts, nur dass du mir das Leben rettest." Ohne auf seine Zustimmung zu warten, legte ich mich auf sein Bett. Aus seinen Augen sprach der Zweifel, doch er legte sich zu mir.

Ungestüm hämmerte es an der Tür.

„Alia, Hagat will dich sehen!", donnerte Peren.

„Bitte nicht", flüsterte ich und sah Ian flehend an.

„Sag meinem Vater, dass ihre Dienste hier benötigt werden", rief er.

„Er sagte *unverzüglich*."

„Sie kommt, sobald sie fertig ist."

Unvermittelt erschütterte ein Schlag die Tür, sodass sie aufflog und gegen die Wand krachte.

Perens gehässiges Grinsen verhieß nichts Gutes. „Ich hatte gehofft, dass du Probleme machst."

Ian sprang auf. Sogleich stürzten sich zwei Männer auf ihn. Ich drehte mich zum Kerzenständer, die einzige Waffe, die ich erreichen konnte. Aber Peren war schneller, packte mich an den Haaren, riss mich vom Bett hoch. Ich schrie auf vor Schmerz und Verzweiflung.

„Hätte ich gewusst, dass du es so dringend brauchst, hätte ich mich um dich gekümmert", stöhnte er mir ins Ohr und vergrub sein Gesicht in meinem Haar. „Aber er will dich unberührt."

„Lass mich gehen", wimmerte ich. „Bitte."

Ich spürte einen Schlag auf den Kopf. Vor meinen Augen tanzten Funken, dann verschluckte mich die Dunkelheit.

* * *

Benommen öffnete ich die Augen. Es dauerte einen Augenblick, bis mir dämmerte, wo ich mich befand. Hände und Füße gefesselt, hatten sie mich im Verlies abgelegt. Auf die Unterarme gestützt setzte ich mich auf und sah mich um. Hagat und die Söldner standen nahe der Tür. In sicherem Abstand zum Drachen ließen sie Stück für Stück seine Ketten nach.

Seine starren gelblichen Augen waren unverwandt auf mich gerichtet, während er auf mich zu schlich.

Ich begann meine groben Fesseln an einer Steinkante zu reiben, so schnell ich nur konnte. Auf die Schmerzen in meinen Handgelenken achtete ich nicht.

„Sträube dich nicht, Mädchen!", rief Hagat. „Es gibt kein Entkommen. Füg dich deinem Schicksal. Es wird schnell vorbei sein."

Und wenn es das Letzte war, was ich tat – ich würde nicht als Opfer am Boden liegend enden.

Ein drohendes Knurren drang aus der Kehle des Drachen. Ich rieb schneller, Blut machte das Seil feucht, lockerte es. Hastig sah ich umher. Es gab nichts, wo ich mich verstecken konnte und niemand war schneller als ein Drache. Meine Hände kamen frei. Ich löste mit unsicheren Fingern die Fußfessel, bevor mir der Geruch von Verbranntem in die Nase stieg. Der Drache streckte seine blutverschmierte Schnauze vor, bis sie mich fast berührte. Ich starrte auf die spitzen Zähne, die mich in Stücke reißen würden, und rappelte mich hoch. Scharf sog er die Luft ein, schnupperte an mir, stieß dann seine Nase in meinen Bauch. Ich keuchte und taumelte einen Schritt zurück. Ich war unverletzt. *Habt Dank.*

Ich blinzelte. Hatte ich die Stimme des Drachen gehört? Unsinn, das konnten nur Magier. Ich war eine Stallmagd.

Unvermittelt drehte sich der Drache um und hielt einen Moment inne – einen Bruchteil zu lang, als dass es Zufall sein konnte –, bevor er seinen Schwanz haarscharf an mir vorbeizog. Ohne Hagat und die Söldner aus dem Auge zu lassen, begann er an seinen Ketten zu ziehen. Ich konnte sehen, dass er diesmal Erfolg haben würde; seine Kräfte waren offenbar um ein Vielfaches angewachsen.

Hinter mir ertönte Hagats heiserer Schrei. Ich wirbelte herum, da krallten sich schon seine Hände um meine Oberarme.

„Schlampe, was fällt dir ein! Der Drache gehört mir! Mir!"

„Ich ..."

„Was hast du mit ihm gemacht? Ich kann sehen, dass er sich mit dir verbunden hat. Mit einer Stallschlampe!"

Er schüttelte mich heftig und schlug mir ins Gesicht. Blut lief mir aus der Nase, tropfte am Kinn herunter. Hinter mir grollte der Drache warnend. Peren und seine Männer traten mit gezückten Waffen an die Seite des Magiers. Blind vor Wut legte Hagat seine Hände um meinen Hals. In seinen Augen tobten Wut und Wahnsinn. Ich schlug auf ihn ein, um mich zu befreien.

Das Grollen schwoll zu einem Brüllen an, vermischte sich mit dem Rauschen in meinem Kopf. Hagat ließ mich los, ich taumelte rückwärts zum Drachen. In den Augen des Meisters blitzte der Wahnsinn auf, als er seinen Dolch zückte. „Du gehörst mir, du wirst mir gehorchen", rief er. Damit stürzte er auf uns zu.

Ich schrie ihm meinen Hass entgegen. Dann verschlang der glühende Atem des Drachen alles um mich herum, hüllte meine Welt in Feuer und Asche. Stille erfüllte das geschwärzte Gewölbe, das nun weder Tür noch Fallgitter besaß.

Ich wandte mich dem Drachen zu und zog mich an einer Schuppe auf seinen Rücken. Niemand war mehr da, um uns aufzuhalten, als wir mit gleichmäßigen Flügelschlägen durch das zerstörte Tor flogen.

Dritzel ist unschuldig

von Wolfram Christian Sauter

Das Grollen eines heraufziehenden Gewitters ließ Addo von seiner Arbeit aufsehen. Vorsichtig stellte er die wertvolle Phiole auf den Tisch und kletterte die Kellerstufen hinauf, um die Haustür zu öffnen.

Eine tiefgraue Wand hing über den Türmen der Elisabethen-Kirche. *Ich muss rasch fertig werden*, dachte er, *sonst kommen wir beim Ausliefern in ein Unwetter hinein.*

Schon wollte er sich wieder den Bestellungen der Doctores und Heilärzte zuwenden, die an die Apotheke seines Vaters gerichtet waren, als er einen Mann sah, der aufgeregt rufend über den Marktplatz lief. Rasch schrieb Addo mit Kreide den Namen des Kunden auf die Kiste, dann erklomm er erneut die Stufen und lief geschwind zum Thönlein-Brunnen hinüber. Dort hatten sich bereits viele Menschen versammelt, die vom nahen Krämermarkt herbeigelaufen waren. Und aus den umliegenden Häusern kamen noch mehr.

„Mordio! Ein Überfall drunten im *Schwarzbeerenwald*, herbei, herbei!", rief der Mann, den Addo als den Imker Hinrich erkannte. Er schnappte heftig nach Luft, bevor er fortfuhr: „Ein Handelskarren wurde überfallen und ausgeraubt. Die Diebe haben den Kutscher erschlagen."

Erschrocken sah sich Addo um. Die Menschen der kleinen Amtsstadt Krähwinkel machten zunächst bestürzte Gesichter, bevor sie ordentlich zu schimpfen begannen und nach dem Schultheißen Weinreb riefen. Der kam auch alsbald und tat sehr wichtig. Begleitet wurde er von Schuldirektor Böttiger und Addos Vater. Das machte die Sache für Addo noch aufregender.

„Nun", hob der Schultheiß an, "was habt Ihr uns zu berichten?" Da erzählte der Bienenmann alles noch einmal.

„Meine Herren, ich denke, dass müssen wir uns sofort ansehen. Die Büttel von der Hauptwache werden uns dabei Geleit geben", erklärte Weinreb.

Seine beiden Begleiter stimmten mit ernster Miene zu. Ein gutes Dutzend Kleinstädter machte sich ebenfalls mit auf den Weg. Bewaffnet waren sie mit Knüppeln, Hämmern und Heugabeln.

Auch Addo war nicht zu halten. Ihm war schon klar, dass es seine Aufgabe gewesen wäre, die Bestellungen der Ärzte für die bevorstehende Auslieferung vorzubereiten. Doch das war ihm im Moment nicht so wichtig. Auch wenn er mit seinen vierzehn Jahren noch nicht zu den Männern zählte, hatte ihn die Ungeheuerlichkeit der Nachricht zutiefst ergriffen.

Zusammen mit einigen anderen Burschen folgte er den Männern durchs Tatzeldorfer Tor. Nach einer Viertelstunde Fußmarsch erreichten sie den *Schwarzbeerenwald*. Gerade wollte Hinrich die ganze Schar an seinen Bienenkörben vorbei zur Lichtung führen, als ihnen ein Mann aus dem Düsterlicht des Dickichts entgegentrat.

„Das hat niemand anderes getan als Dritzel, der Drache!", rief er der Gruppe zu. „Ihr kennt mich doch, mich, den Kaufmann Baldrich von Weitersweck, euer stets zuverlässiger und preiswerter Händler feiner Gewürze", fügte er hinzu. „Meine Waren wurden geraubt, mein Knecht erschlagen. Überall verkohlte Stellen. Kommt, seht selbst!"

Nach einigen Schritten gelangte Addo mit den anderen auf die kleine Lichtung. Dort stand ein Handelskarren, vor den ein Esel gespannt war. Unter dem Kutschbock lagen mehrere aufgebrochene Fässer und Kisten, mitten darin ein junger Mann in seinem Blut. Eine Kiste war zerbrochen, die verstreuten Bretter waren teilweise verkohlt, ein Rad des Wagens angesengt.

Addo betrachtete zusammen mit den anderen jungen Burschen neugierig die Szenerie, als sein Vater zu ihnen trat. „Addo und ihr anderen Gesellen, hört mir zu. Hier ist eine finstere Kraft am Werk. Kommt nicht näher, sondern haltet Abstand. Zum einen muss der Ort nun genau untersucht werden, zum anderen soll euch der Anblick des grausam zugerichteten Kutschenknechts nicht eine Wunde in eure Seelen schlagen."

Widerwillig gehorchte Addo. Auch die anderen murrten, doch Addo hatte eine Idee. Rasch kletterte er in die Krone eines jungen Nussbaumes und beobachtete von dort das Geschehen.

„Seht, ihr Herren und Bürger von Krähwinkel. Alle Kisten sind aufgebrochen, die unermesslich wertvolle Ware ist geraubt. Aber der Dieb hat sich verraten. Seht her! Das rechte Rad des Karrens – es ist versengt. Oder hier diese Kiste – schwarz verkohlt ist ihr Deckel", rief Baldrich von Weitersweck.

Addo schmunzelte, als er daran dachte, dass alle ihn nur den *Pfeffersack* nannten, wenn er es nicht hören konnte.

Der Schultheiß Weinreb nahm ein Augenglas und betrachtete den versengten Deckel genau. Dann reichte er es an den Schuldirektor Böttiger weiter, der heftig nickte.

„Ja, da gibt es keinen Zweifel. Das Holz ist angesengt", sagte er zu den Umstehenden.

64

„Und wer anders als der Drache Dritzel könnte dafür verantwortlich sein?"

„Ruft den *Schwarzen Ritter*! Lasst das Untier töten!", schrien nun die aufgebrachten Bürger.

Für die gibt es wohl keinen Zweifel, dachte Addo.

„Aber hohe Herren und liebe Mitbürger", verschaffte sich Addos Vater Gehör, „Dritzel hat sich doch seit Jahren nichts mehr zu Schulden kommen lassen. Soweit wir uns zurückerinnern können, haust er am *Siebenhöhlenberg*, holt sich alsbald ein Reh oder ein Wildschwein aus dem Wald. Aber ein Überfall auf einen Karren voller Gewürze und dazu noch ein Mord? Das ist doch schwer zu glauben."

„Aber es gibt eindeutige Beweise", rief der Pfeffersack und hielt den verkohlten Holzdeckel in die Höhe.

Der größere Teil der Leute stimmte lautstark zu. „Tötet die Bestie!", „Schultheiß, lass den *Schwarzen Ritter* kommen!", „Das Stadtsäckel ist voll mit unseren Abgaben, jetzt tu etwas für uns!"

Der Schultheiß Weinreb runzelte die Stirn. Addo konnte genau erkennen, dass er sich gar nicht wohl fühlte. Das empörte Geschrei der Bürger klang aber so gefährlich, dass er umgehend zwei Büttel zur Hartenburg schickte.

„Macht dem *Schwarzen Ritter* ein Angebot!", befahl er.

Dann brachen die Leute wieder auf, um nach Krähwinkel zurückzukehren. Die verbliebenen Büttel legten den toten Burschen auf den Karren, banden den Esel ab und führten das Gespann in Richtung Friedhof. Dort würde der arme Knecht bald beerdigt werden.

* * *

Als Addo von seinem Baum kletterte, waren alle anderen schon gegangen. Gerade hatte er seinen Fuß auf eine Wurzel gesetzt, als er auf einen kräftigen Knüppel aufmerksam wurde, der an einem Stamm lehnte. *Was ist denn das?,* überlegte er und nahm ihn an sich. An dem Ende des Stocks klebte frisches Blut. *Der Knecht wurde erschlagen!,* durchfuhr es ihn.

Erschrocken sah er sich nach allen Seiten um. Nichts rührte sich. Lediglich ein deutlich vernehmbares Donnergrollen sagte ihm, dass es allmählich Zeit wurde, aufzubrechen. Er lehnte den Knüppel wieder gegen den Baum und wandte sich dem Pfad zu. Da fiel ihm ein, was er eigentlich zu erledigen hatte: *Herrje, die Bestellungen!*

Aber gerade in dem Moment, als er die Lichtung verlassen wollte, fiel sein Blick auf zwei verkohle Holzstäbe am

Wegrand. *Schwefelzündhölzchen,* dachte er. Als ihm klar wurde, was das bedeutete, stockte er. *Ich muss es Vater sagen. Und der muss es dem Weinreb und dem alten Böttiger berichten,* fuhr es ihm durch den Kopf. Hastig verstaute er die abgebrannten Stümpfe in einer Tasche seiner Jacke. Dann lief er so schnell er konnte zurück in die elterliche Apotheke.

* * *

„Dritzel ist unschuldig!", rief Addo, als er ins Haus stürmte.

Sein Vater war gerade damit beschäftigt, eine Kiste zu verschließen. „Mein lieber Junge, es wäre mir erheblich lieber, du würdest die Arbeiten, die ich dir auftrage, gewissenhafter erledigen", war die Antwort.

„Aber Vater, sieh doch, was ich entdeckt habe." Addo ließ sich nicht von seinem Vorhaben abbringen.

Und tatsächlich, als er die Hölzer vorzeigte, ließ sein Vater vom Verladen der Ware ab. Und als Addo von dem blutigen Holzknüppel berichtete, sah sein Vater ihn überaus ernst an. „Ich habe ohnehin nicht geglaubt, dass es der Drache war", sagte er.

„Dritzel ist unschuldig!", bestätigte Addo noch einmal und rannte aus dem Haus, mitten in das hereinbrechende Gewitter, denn er hatte einen Plan. Zunächst wollte er den Knüppel von der Lichtung des *Schwarzbeerenwaldes* holen, um einen eindeutigen Beweis für Dritzels Unschuld zu haben. Dann würde er auf einem geheimen Schleichpfad zum *Höhlenberg* des Drachen sausen, um vor dem *Schwarzen Ritter* dort zu sein. Als er den Tatort betrat, stellte er fest, dass er nicht allein war. Jemand machte sich an den Kisten und Fässern zu schaffen: Dritzel! Der Drache hatte ihn im selben Augenblick bemerkt und so sahen sie einander an.

„Kenne dich doch, Jungchen. Bist du nicht der Bube vom Quacksalber? Dritzel hat ein gutes Gedächtnis und vergisst nichts. Warum nur liegen all diese Kisten hier herum? Sie riechen so lecker nach Vanille, Zimt und Pfeffer. Und ich liebe Pfeffer! Je schärfer, je lieber", sagte Dritzel.

Addo war froh darüber, dass er den Drachen angetroffen hatte.

„Dritzel, du bist in großer Gefahr. Sie wollen dich töten, weil sie glauben, dass du ein Räuber bist und den Karrenknecht ermordet hast", rief er aufgeregt. „Schnell, verbirg dich. Denn wenn sie dich hier finden, werden sie dich lynchen."

Doch in diesem Moment war schon Hufgetrappel zu hören.

Wenige Augenblicke später ritten zwei Reiter auf die Lichtung.

Addo erkannte gleich den Pfeffersack, der auf einem schwer

bepackten Gaul dahertrabte. Dahinter folgte auf einem Rappen ein gepanzerter Kriegsmann mit schwarzem Schild.

Beide stiegen von ihren Pferden. Der Pfeffersack Baldrich rief: „Da ist ja der Drache. Hier ist der lebende Beweis, *Schwarzer Ritter*. Nehmt Eure Lanze und durchbohrt die böse Kreatur!"

„Dritzel ist unschuldig." Addo rannte los und stellte sich vor den Drachen.

Doch der Krieger schien keine Notiz von ihm zu nehmen und brachte sich in Angriffsposition.

„Dritzel, was stöberst du in dieser Pfefferkiste? Es geht um dein Leben. Kämpfe oder fliehe, aber tu doch etwas!", schrie Addo.

Anscheinend schien der Drache den Ernst der Lage nicht recht zu begreifen. „Ich liebe Pfeffer", antwortete er. „Dieses Fass hier ist noch halb voll. Lass mich noch ein gutes Maul voll nehmen. Oh hoppla, das juckt aber gewaltig in den Kiemen. Verzeihung, aber ich glaube, ich muss nieesss..."

Dritzel bäumte sich auf und die ganze Urgewalt seines Wesens entlud sich in einem Nieser. Der Pfefferatem des Drachen war so heiß, dass er dabei Flammen spie. Seinen Häschern stob eine Wolke aus Pfefferschrot und Feuerfunken entgegen. Der Krieger riss seinen Helm vom Kopf, lief rot an und schnappte mit aufgerissenen Augen nach Luft. Pfeffersack hatte es ebenfalls erwischt. Nicht nur, dass der Pfeffer ihm arg zusetzte. Einige Flammen hatten seine Kleidung in Brand gesetzt. Dadurch geriet sein Gaul in Panik, warf die aufgepackten Säcke ab und galoppierte davon. Addo beobachtete, wie einer der Säcke auf die Erde geschleudert wurde und aufplatzte. Sein gesamter Inhalt fiel in den Dreck: feine Zimtrollen aus Ceylon! Als Schultheiß Weinreb, der Schuldirektor und Addos Vater zusammen mit einem halben Dutzend Bütteln auf die Lichtung eilten, entzündete sich auch noch des Pfeffersacks Strohbeutel mitsamt den Zündhölzern, die er darin aufbewahrt hatte. Geldstücke fielen zu Boden. Ein Geruch von Schwefel machte sich breit.

Verblüfft sah Addo zu, wie der Beutel sich in Ascheflocken verwandelte. Er atmete auf. Das waren handfeste Beweise. Die Leute starrten auf die Zimtrollen und die Geldstücke.

„Was für ein habgieriger Kerl", rief der Schultheiß aus. „Wollte uns einen Überfall vortäuschen. Hat dabei den eigenen Knecht erschlagen."

Addo hatte den Schultheiß Weinreb noch nie so wütend erlebt.

„Gewiss wollte er uns auch eine hübsche Summe als Entschädigung abknöpfen", fügte der Schuldirektor hinzu.

„Und er hätte auch den Drachen ans Messer geliefert", ergänzte schließlich Addos Vater.

„Führt ihn ab!", befahl Schultheiß Weinreb. Dann bückte er sich, sammelte die herabgefallenen Goldstücke ein und drückte sie dem Ritter in die Hand. „Für Euren Einsatz, Rittersmann, es soll ja nicht Euer Schaden sein."

* * *

Als sich alle wieder auf den Weg nach Krähwinkel machten, lief Addo zusammen mit seinem Vater nachdenklich hinter den anderen her. Da bemerkten sie Dritzel, der in einer Baumkrone saß und seinen Hals zu den beiden hinunterreckte.

„Jungchen Addo, hast mir einen großen Gefallen erwiesen. Sieh in das Gebüsch hier, gleich neben dem Baum. Findest dort ein Kistlein. Sind feine Kräuter drin, die der Quacksalber-Papa teuer verkaufen kann. Ich mag ja nur den Pfeffer. Wenn ihr mal wieder welchen habt, dann kommt und besucht mich." Sprachs, schüttelte die Flügel und schwebte leise in Richtung *Siebenhöhlenberg*.

Der Pakt der Pontoniere

von Christine Schär

Das heilende Thermalwasser von Flecken wird laut Legende vom feurigen Hauch eines Drachen aufgeheizt, verkündete Wikipedia.

Flecken – wie konnte man einem Dorf nur so einen bescheuerten Namen geben? Ich verstaute das Handy in der Hosentasche. Wenn eine erfundene Geschichte das Spannendste an diesem Kaff war, dann wollte ich möglichst wenig damit zu tun haben.

Ich stand vor unserer neuen Wohnung, weil drinnen alles vollgestopft war. Nicht etwa mit Möbeln und Umzugskartons wie bei anderen Leuten. Bei uns war alles voll mit Menschen, die ich Tante und Onkel nennen musste, obwohl sie kein bisschen mit mir verwandt waren. Nur, weil sie zufällig wie Mum von den Philippinen stammten, einem Land, in dem ich noch nie gewesen war und wohin ich auch nicht wollte.

Da es nieselte, zog ich die Kapuze des XXLSweaters über den Kopf. Ich setzte mir die fetten Kopfhörer auf und trottete am Fluss entlang. Der Rhein war über die Ufer getreten. Wie ein hungriges Monster griff der Fluss nach Gras und Kiesweg. Zwischen den Bäumen tauchte ein Haus auf, an dessen Mauer zwei Paddel prangten. Ich kickte einen Ast weg. Ein flaches Boot erregte meine Aufmerksamkeit. Es hing an einem Drahtseil, das über den Fluss gespannt war. An seiner Außenseite leuchtete das Bild eines roten Drachen, der durchs Wasser schoss. Er hatte keine Flügel, erinnerte eher an eine Schlange mit Beinen. Doch sein Kopf war gehörnt und Zacken reihten sich auf seinem Rücken wie Dornen aneinander.

Als ich in das Boot sprang, schaukelte es, sodass ich vornüber auf die Holzbank stürzte. Au! Mein Knie brummte.

„Pfoten weg von meinem Boot!"

Ich drehte mich um. Aus dem verwitterten Haus stampfte eine magere Blonde heran. Ungefähr in meinem Alter, schätzte ich. Aber die kniehohen Gummistiefel und der grobe Wollpullover in Farben, die nur ein Blinder zusammenstricken würde, sagten mir, dass das ganz bestimmt niemand war, mit dem ich abhängen wollte. Da konnte ich mich auf dem Pausenhof auch gleich selbst verprügeln.

„Was ist das für ein Boot?", fragte ich lässig.

„Ein Pontonierboot, sieht man doch."

„Pontowas?"

„Pontonierboot. Eine Fähre über den Rhein, die Reisende sicher über die Grenze geleitet. Mein Großvater ist der letzte Fährmann.“

Ich riss die Augenbrauen hoch, zeigte wortlos zur Brücke, über die im Gänsemarsch Autos brummten. Sie schüttelte den Kopf, sodass ihre Locken umherflogen.

„Ich sagte ja, er ist der Letzte. Und jetzt raus da, Landratte.“

Sie stieg ins Boot, hob ächzend ein riesiges Paddel hoch. Jede Wette, dass die es nicht bis zum anderen Ufer schaffte.

„Was, wenn ich … sicheres Geleit brauche?“

„Hast du Kohle?“, fragte sie mürrisch.

„Klar, was kostet es denn? Drei Goldmünzen?“

„Für dich nur deine erbärmliche Seele. Und du kaufst mir drüben ein Eis. Drei Kugeln.“

Ich grinste. Wie konnte sie bei dem Regen an Eis denken?

„Abgemacht. Wie heißt du überhaupt?“

„Rhena.“

„Jon.“ Ich fläzte mich ins Boot und streckte die Füße von mir.

Zuerst schien es, als würde sich das Boot wie von Geisterhand bewegen. Rhena tauchte das Paddel ins Wasser und grinste süffisant. Doch dann kamen wir mit einem Ruck zum Stehen. Sie stieß das Paddel tief in die Fluten und zerrte daran. Bald klebten ihr die Haare im Gesicht. Ich konnte sehen, dass sie die Zähne zusammenbiss. Wir waren noch nicht mal in der Mitte des Flusses. Eine gierige Welle schwappte über den Rand und durchnässte meine Sneakers.

„Bist du sicher, dass du das kannst?", fragte ich, wohl eine Spur zu ängstlich.

Grimmig nickte sie.

„Kommt ein Sturm auf oder so?"

„Quatsch, das bisschen Regen! Da blockiert uns etwas auf dem Grund."

Ich starrte über den Bootsrand. Da schwamm etwas Rotes im Wasser. Ich lehnte mich noch etwas weiter hinaus. Was ich jetzt sah, konnte ich kaum glauben. Eine dreieckige Flosse durchstach das Wasser.

„Der rote Hai!", dachte ich. Okay, Rhenas Gesichtsausdruck nach zu urteilen, hatte ich es wohl laut gerufen. Gut, gut – panisch geschrien traf es wohl am besten.

Dem Zacken folgten ein zweiter, dritter und vierter. Im nächsten Moment schoss etwas Rotes aus dem Wasser. Rhena schrie auf und umklammerte das Paddel. Eine Klaue krallte sich am Bootsrand fest, kippte das Boot mit einem Ruck nach rechts.

Ich stürzte zur Seite. Brennender Schmerz durchzuckte meine Schulter, als ich auf den Rand knallte. Mein Fuß verhakte sich unter der Vorderbank. Nur wenige Zentimeter trennten mein Gesicht vom Wasser. Ich starrte in die rotgefärbten Fluten, bis ich bemerkte, dass etwas zurückstarrte.

Ein faustgroßes Auge blinzelte mich an. Ich stieß mich nach hinten. Mit einem *Floppen* rutschte mein Fuß aus dem Sneaker. Der Kahn kippte nach rechts, wodurch Rhena beinahe das Paddel aus den Händen gerissen wurde.

Ein Krokodilmaul tauchte auf, mit furchterregenden Zähnen. Bei jedem Atemzug dieser Kreatur zischte und brodelte es. Dünner Rauch stieg auf. Auf dem roten Kopf thronten zwei spitze Ohren, nein, Hörner. Doch die Augen blinzelten freundlich. Vom Rest des Körpers waren nur Zacken zu sehen und die Pranke, die sich immer noch am Bootsrand festkrallte. Wie groß mochte das Wesen sein? Etwa so lang wie das Boot? Und was war es überhaupt?

Ich rappelte mich hoch, brachte das Boot wieder in seine normale Lage.

Rhena beugte sich zu dem Wesen hinunter, fuhr ihm über die Schuppen und grinste selig. „Du Idiot! Das ist doch einer der roten Drachen, die das Thermalwasser erwärmen."

Sie patschte außen auf das Boot, wo das Drachenbild aufgemalt war.

Ich lugte über den Rand. „Drache, von mir aus. Ist ja egal, von was wir gefressen werden."

„Ein Drache frisst keinen Pontonier! Wir haben einen Pakt."

„Sehr beruhigend, nur dass ich keiner bin."

Aber sie interessierte sich nicht für mein Wohlbefinden, denn sie hatte offensichtlich etwas entdeckt. „Schau, er ist verletzt!" Tatsächlich tropfte Blut ins Boot. Mit spitzen Fingern fuhr ich über die Echsenpranke, bis ich die Wunde fand. Es blutete stoßweise unter einer Schuppe hervor. Jetzt gab der Drache ein heiseres Brüllen von sich. Der arme Kerl.

„Halt ihn fest!", rief Rhena und stieß den Kahn wieder in Richtung Ufer.

Die Berührung mit dem Drachen musste ihr übermenschliche Kräfte verliehen haben, denn sie paddelte wie eine Irre. Inzwischen peitschte der Wind übers Wasser und heulte in den Bäumen. Ein Blitz zuckte am Himmel. Aber das Wetter interessierte mich momentan nicht. Aus irgendeinem Grund, den ich mir nicht erklären konnte, hatte ich keine Angst mehr vor dem Drachen. Mehr noch, ich sorgte mich um ihn. Und ich wusste, dass wir ihn retten mussten. Aber wovor?

Ich drückte meine ganze Hand auf seine Wunde. Trotzdem rann das Blut zwischen meinen Fingern hindurch. *Helft mir*, hörte ich eine tiefe Stimme. Ich starrte dem Drachen ins Gesicht. Aber natürlich hatte sich sein Maul keinen Millimeter bewegt.

„Was beinhaltet dieser Pakt eigentlich genau?", rief ich über das Tosen hinweg.

„Die Drachen gewähren uns freies Geleit über den Rhein. Dafür beschützen wir sie vor ihrem Feind."

„Aha, und wer ist dieser Drachenfeind? Der weiße Ritter?"

„Keine Ahnung!" Plötzlich schrie sie auf und zeigte flussaufwärts. „Das da!"

Mein Blick folgte ihrem ausgestreckten Arm. Ein schwarzes Loch öffnete sich im Fluss – etwa drei Bootslängen von uns entfernt. Was war das? Der Schatten eines monströsen Kugelfischs? In rasendem Tempo flitzte das Ding auf uns zu. Dann sah ich es: Spitze Zähne begrenzten den schwarzen Kreis. Heilige Scheiße, das war ein Maul!

„Lass mich mal", rief ich Rhena zu.

Sie schüttelte den Kopf. „Dann kentern wir."

Also schlang ich meine Arme um den Kopf des Drachen, während ich den schwarzen Schlund fixierte. Mittlerweile war der Regen zu einem Sturm angeschwollen, der über uns hinwegpeitschte. Trotzdem schwitzte ich aus allen Poren.

„Tu doch endlich was! Halt es auf!", schrie Rhena.

Nur noch eine halbe Bootslänge trennte uns von dem Monster.

Ich schnappte mir den Sneaker und warf ihn in den Schlund, in den das halbe Boot gepasst hätte. Röhrend spuckte das Ungeheuer den Schuh wieder aus. Schnell schlüpfte ich aus dem anderen Sneaker und warf erneut. Diesmal fauchte das Ding. Beim Ausspucken zielte es auf mich. Gehetzt sah ich mich um. Was jetzt?

Ich zog mir die Kopfhörer vom Hals und schleuderte sie ebenfalls in sein Maul, dann den Gürtel der Hose, mangels Alternativen einen Glückskeks samt Folie. Das Monster hustete und spuckte alles wieder aus, war aber wenigstens eine Weile beschäftigt. Schnell holte es den Abstand wieder auf.

Der rote Drache peitschte mit seinem Schwanz gegen das schwarze Ding, aber man konnte sehen, dass ihn die Kräfte verließen. Schon gruben sich die Monsterzähne in ein Drachenbein. Ich konnte den Drachen in meinem Kopf aufheulen hören. Dann endlich strampelte er sich frei.

Doch das Monstermaul schnappte nach unserem Boot. Holz splitterte, Wasser schoss ins Innere. Ich japste nach Luft, als die rasiermesserscharfen Zähne nur wenige Zentimeter von meinem Knie entfernt im Holz stecken blieben. Heulend riss und zerrte das Monster am Boot, aber es kriegte seine Zähne nicht raus.

„Wir schaffen es nicht!", brüllte ich Rhena zu.

„Kannst du schwimmen, Landratte?"

Bevor ich mir überlegen konnte, ob ich in einem reißenden Strom nicht wie ein Stein untergehen würde, hängte Rhena mit einer schnellen Bewegung das Seil aus.

„Spring!" Sie stieß sich ab und tauchte in die Fluten.

Ein Ruck ging durch das Boot, als der Rhein es endlich zu fassen kriegte. Triumphierend riss er es mit sich. Ich knallte der Länge nach hin, als ich aufstehen wollte. Dann rappelte ich mich hoch und sprang aus dem Vierfüßlerstand ins Wasser. Hinter mir krachte und splitterte das Holz. Das Monstermaul heulte uns hinterher. Hoffentlich konnte es sich nicht befreien, bevor wir ans Ufer gelangten.

Das eisige Wasser raubte mir den Atem. Zappelnd kämpfte ich mich nach oben, aber ich hatte keine Chance. Der Rhein zog mich unbarmherzig mit sich. Ich strampelte wie wild, da kriegte ich unverhofft etwas Hartes zu fassen. Mit einem Ruck wurde ich nach oben gezogen. Die scharfen Kanten der Drachenschuppen schnitten mir ins Fleisch, aber ich ließ nicht los. Hustend schnappte ich nach Luft, als wir oben ankamen. Dann fing ich, den rechten Arm um den Drachenhals geschlungen, endlich an zu schwimmen.

Als Knäuel – wer rettete hier eigentlich wen? – gelangten wir ans Ufer. Ich kriegte eine Sitzbank zu fassen, die knietief im Wasser stand. Der Drache robbte die Böschung hinauf. Er sah mehr aus wie eine Schlange mit Füßen, denn Flügel fehlten ihm. Kurz tauchten Bilder von asiatischen Drachen in meinem Kopf auf.

Inzwischen rann mir der Schlamm durch die Zehen, griff nach meinen Waden, reichte mir schließlich bis zum Knie. Mit aller Kraft zog ich meine Beine raus und ließ mich neben dem Uferweg ins Gras fallen.

„Rhena, Rhena!", rief ich. Dann rollte ich mich zur Seite und gab einen Schwall übelriechendes Flusswasser von mir.

Sie kommt, brummte die Drachenstimme.

„Da seid ihr ja! Hätte euch weiter oben vermutet." Rhena stellte den Verbandskasten ab. Sie war doch tatsächlich schon bei sich zu Hause gewesen und hatte uns dann gesucht.

War sie *Wonder Woman* oder was?

Rhena holte eine Salbe hervor, die sie dick auf die verletzten Schuppen auftrug.

Ich wickelte eine Mullbinde um Pfote und Bein, dann klebte ich alles mit der ganzen Rolle Pflasterband fest. *Danke*, flüsterte der Drache.

Verstohlen schaute ich Rhena an. „Hast du das auch gehört?"

„Was denn?"

„Ach nichts. War bestimmt ein Donner."

„Sag bloß, du hast Angst vor Gewittern!" Grinsend legte sie sich zu uns.

Unsere Köpfe betteten wir auf dem weichen, glatten Drachenbauch, der sich langsam hob und senkte.

„Quatsch, aber ob ich jemals wieder im Rhein bade? Mit dem Riesenmaul da draußen …"

„Das nächste Mal sind wir vorbereitet."

Ich hob meinen Kopf und starrte sie an. „Was für ein nächstes Mal?"

„Du glaubst doch nicht etwa, dass diese Geschichte schon zu Ende ist?", sagte sie und zwinkerte mir zu.

Mir war so, als würde der Drache aufhorchen.

Die Augen des Nebeldrachen

von Kornelia Schmid

Nebelbahnen zogen über das Schlachtfeld und hüllten die Kämpfe in Weiß. Mera sah gerade noch, wie Baris schwer verwundet zu Boden sank, als ihr selbst eine schlanke Klinge durch die Bauchdecke fuhr. Unter Tränen knickte sie ein und spürte, wie das Metall ihren Körper wieder verließ. Zurück blieb Kälte. Mera presste die Hände auf die Wunde und schloss einen Moment die Augen. Als sie blinzelte, war ihr noch immer so kalt, dass ihre Arme zitterten. Wo Blut zwischen ihren Fingern sein sollte, kringelte sich Dunst in die Höhe. Die Verletzung war verschwunden. Tief atmete sie durch, spürte feuchtkalte Schwere in ihrer Lunge. Der Nebel war noch dichter geworden.

* * *

„Immer noch am Leben?" Baris presste die Worte mühsam hervor. Schweiß glänzte auf ihrer Stirn. Sie hatten ihr die Rüstung ausgezogen. Nun lag sie schmal und bleich auf dem Feldbett. Der Verband um ihre Taille war vom Blut durchgeweicht und verströmte den metallischen Geruch vom Sterben, der in jedem Lager wohnte.

Mera sagte nichts. Sie hatte schon mehr tödliche Verletzungen überlebt, als sie zählen konnte. Offenbar war sie mit einer magischen Gabe gesegnet, die sie nicht sterben ließ. Was aber nicht für Baris galt. Mera spürte brennende Tränen in den Augen und wandte das Gesicht ab, damit ihre Freundin es nicht bemerkte. Baris sollte sich keine Gedanken machen, nicht so kurz vor ihrem Tod.

„Aber ich bin auch zäh", sagte Baris.

Gemeinsam waren sie der Streitmacht des Königs beigetreten, hatten jede Schlacht Seite an Seite überstanden. Ohne Baris! – Wie sollte sie da überhaupt noch kämpfen können? Völlig egal, ob sie am Ende überlebte oder nicht.

Mera zwang sich zu einem Lächeln und griff nach der Hand ihrer Freundin. „Ich werde eine Möglichkeit finden, dich zu heilen. Das verspreche ich."

Baris schnaubte leise. „Ich brauche keine Versprechen, ich werde wieder gesund." Vermutlich wusste sie selbst, dass sie log. Ihre Augen funkelten verräterisch.

Als Mera das Zelt der Verwundeten verließ, sagten alle, die Schlacht wäre gewonnen, aber sie schmeckte nur Bitternis auf der Zunge. Im Nebel, der über das zertretene Gras strich, bildeten die Zelte der Soldaten unförmige dunkle Schatten. Das war nun schon seit Monaten so. Als Mera zur Armee gekommen war, hatte die Luft noch klar geschmeckt und Sonne über ihrem Kopf gestrahlt. Doch schon nach der ersten Schlacht hatte es begonnen: Dunst wirbelte um die Blüten der Kirschbäume und erstickte ihre Farben. Sie sollten im Sommer nicht zu Früchten reifen.

* * *

„Das Mädchen, das nicht sterben kann." Der König saß auf einem wuchtigen Stuhl in seinem Zelt, während Mera vor ihm am Boden kniete.

Schwer lastete sein Blick auf ihren Schultern. Sie war nur eine einfache Soldatin. Warum wollte der König ausgerechnet sie sehen?

Als er sich erhob, raschelte sein pelzbesetzter Umhang. „Ich gewinne Schlacht für Schlacht, aber den Krieg werde ich verlieren. Weißt du, wieso?"

Natürlich wusste Mera es nicht. Ihre Aufgabe bestand nicht darin, nachzudenken, sondern zu kämpfen.

„Der Nebel hält die Sonne von den Pflanzen fern, sodass sie

nicht gedeihen können. Dieses Jahr wird es keine Ernte geben, mein Reich muss hungern."

Mera schluckte hart. Sie hatte sich nie gefragt, wofür sie eigentlich kämpften. Der König schickte seine Soldaten in die Schlacht und er würde schon wissen, was er tat. Aus seinem Mund zu hören, dass alles umsonst war, schnürte ihre Eingeweide zusammen, sodass sie glaubte, die verdunstete Klinge wieder zu spüren.

„Die Gelehrten sagen, der Nebel käme von den Geistersümpfen, aber sicher sind sie sich nicht. Schließlich ist niemand jemals von dort zurückgekehrt." Der König blieb direkt vor ihr stehen. Mera betrachtete seine Hirschlederstiefel. „Aber ein Mädchen, das nicht sterben kann, könnte es vielleicht schaffen."

Langsam hob sie den Kopf. Er schickte sie in die Geistersümpfe? Wo nur Einsamkeit und undurchdringliche Nebelschleier ihre Begleiter sein würden. Wo Stimmen in den Ohren sprachen, ohne jemals die Luft zu berühren. Wo der Klang der Stille in der Brust summte. Mera nickte stumm. Dann war also heute schon der Tag, an dem sie sich von Baris verabschieden musste. Verfluchte Unsterblichkeit.

* * *

Hier draußen machte es nichts, wenn ihre Tränen flossen. Sie rannen über Meras Gesicht, brennend heiß wie Feuer. Nach einer Weile kühlten sie jedoch ab, vermischten sich mit den dünnen Tropfen, die der Nebel auf ihrer Haut hinterließ.

Ihr Körper kribbelte, als würden unzählige Insektenbeine darüber laufen. Mera fror mehr als im tiefsten Winter. Irgendwo hoch oben in der Luft sollte Sommer sein.

Eine Weile hatte sie Zahlen vor sich hingemurmelt, im Rhythmus ihrer klappernden Zähne. Dass sie damit aufgehört hatte, merkte sie erst, als der Nebel um sie herum so dicht war, dass sie keine Handbreit mehr sehen konnte. Wie viel Zeit verstrichen war, wusste sie nicht.

Doch irgendwann entdeckte sie etwas Neues in der Ödnis. Inmitten des Meeres aus Weiß leuchteten zwei glühende Kugeln. Einen Moment lang verharrten sie auf der Stelle, dann bewegten sie sich, ohne den Abstand zueinander zu verändern. Dabei schaukelten sie sanft. Mera blieb stehen. Irrlichter womöglich, die sie in den Sumpf locken wollten? Eine Klinge konnte Mera nicht töten, aber vielleicht würde der Morast sie verschlingen.

Vorsichtig setzte sie einen Fuß vor den anderen, achtete dabei auf den Boden unter ihren Sohlen. Sie zog ihr Schwert, doch sein Griff fühlte sich schon nach wenigen Augenblicken so glitschig an, dass sie kaum einen vernünftigen Angriff damit führen könnte. Wenn also selbst das Mädchen, das nicht sterben konnte, in den Geistersümpfen verschwand, was würde der König dann tun? Wenn sein Reich nach und nach von den Nebeln erstickt wurde …

Schließlich teilte sich der Dunst und offenbarte einen schmalen Weg, der zu einer grasbewachsenen Insel führte. Schwarzer Morast umgab sie. In ihrer Mitte lag ein gewaltiges Wesen und wartete. Nun erkannte Mera, dass die Irrlichter seine Augen waren, groß und gelb glühend. Nebel formte seine weißen Schuppen, goss seine Krallen und auch die Schwingen, die sich eng an seinen Körper falteten. Der Drache hatte den Kopf auf die Vorderbeine gelegt, doch er musterte Mera, während sie erstarrt vor ihm stand, ihr Schwert noch immer in der Hand. War es diese Bestie, die den Nebel verursachte? Dann würde Mera das Ungeheuer töten. Doch sie rührte sich nicht, stand nur da wie angefroren, spürte auf einmal jede Klinge, die ihr jemals ins Fleisch gedrungen war.

Dann bist du also gekommen. Der Drache öffnete das Maul nicht, um zu sprechen. Seine Stimme hallte durch den Dunst – oder vielleicht war aus Dunst gemacht. Sie wirbelte in Meras

Ohren, zitterte hinter ihrer Stirn. Ihre Brust zog sich zusammen. Durch ihre Adern floss Kälte.

Mera öffnete den Mund. Nur mit Mühe formte sie die Worte in ihrer Kehle. „Hast du den Nebel erschaffen?", flüsterte sie.

Ihre Hand zitterte. Was, wenn er Ja sagte? Dann musste sie vorspringen und zustoßen. Wo war nur das Herz inmitten all der Wolkenbilder?

Langsam hob der Drache den Kopf, doch seine leuchtenden Augen hafteten an Mera. *Das hast du getan, so wie du auch mich erschaffen hast.*

Mera blinzelte. Sie hatte die Luft angehalten und musste nun husten. Sie sprang nicht vor, um zuzustoßen. Sie stand einfach nur da und dachte, dass er log.

Als der Drache sich erhob, sah sie erst, wie gewaltig er war. Seine Schwingen trieben den Nebel davon, sodass einen Moment lang blauer Himmel sichtbar wurde, bevor der kalte Dunst zurückkehrte.

Ich bin die Summe deiner Tode, sagte der Drache.

Kälte stach in ihre Lunge. Alle hatten gesagt, Meras mysteriöse Magie sei ein Segen. Hätten sie das auch gesagt, wenn sie gewusst hätten, welches Verderben sie über das Land brachte? Wohl kaum.

Der König hatte recht daran getan, sie zu schicken. Auch wenn er all das unmöglich ahnen konnte. Hier war sie genau am richtigen Fleck. Inmitten der feuchtkalten Schleier, vor sich das Ungetüm, das sie selbst geschaffen hatte. Eine Bestie, die Mera nicht töten konnte. Sie schleuderte ihr Schwert weg. Es landete im Morast, wo es langsam einsank, bis das Metall vollständig verschwunden war.

Ihre eigene Magie konnte sie nicht umbringen, aber wenn sie ihre Unsterblichkeit zurückgab, selbst in den Tod ging, wäre dann alles wieder gut?

Mera betrachtete die Schwärze des Sumpfes, der die Insel umgab, dann den gewaltigen Kopf des Drachen. Er öffnete seine Schnauze, sodass sie in seinen Rachen blicken konnte. Dort befand sich nur Dunkelheit.

„Friss mich", sagte Mera leise.

Der Drache blinzelte sie mit seinen gewaltigen Augen an. *Du hast auch meinen Blick geschaffen*, sagte er.

Darauf erwiderte Mera nichts. Eine Weile verharrten sie so, reglos in der Kälte, einander gegenüber. Sie aus Fleisch und Blut, er aus körperlosem Dunst und gelbem Licht. Mera wünschte sich, er würde es endlich tun und sie holen.

Schließlich nickte er. Sein Kopf senkte sich quälend träge auf sie herab. Sie schloss die Augen, schlang fröstelnd die Arme um den Körper und wartete. Doch die Kälte blieb aus.

Als der Drache sie verschlang, spürte sie auf einmal Wärme. Schlachtenlärm klang um sie herum. Klingen stachen in ihren Körper. Schmerzen spülten über sie hinweg. Ihr Schrei hallte durch die Leere der Geistersümpfe.

Mera ertrug die Verletzungen und sie ertrug das Sterben. Kurz bevor sie in die Schwärze glitt, dachte sie noch, dass sie den Drachen bestimmt besiegt hatte. Ihre Magie würde ihn niemals wieder wachsen lassen.

* * *

Mera riss die Augen auf. Sie schwebte im Dunst, der Körper des Drachen unter ihr. Es war, als hätte er einen Herzschlag, den sie in ihrer eigenen Brust spürte.

Die Magie verließ das Land, kehrte zu ihrer Schöpferin zurück, wirbelte in ihrer Seele. Ihre Zähne verwundeten Mera nicht. Ihr Atem war sanft und schmeckte in Meras Mund nach Heilung. Nebeltücher trugen Mera davon. Die Insel wurde immer kleiner.

Trotz seiner Größe hatte der Drache nicht einmal einen

Abdruck im Gras hinterlassen, als wäre er niemals dort gewesen. Wind fegte durch die Geistersümpfe, doch sie war schon zu hoch, um ihn zu spüren. Unter ihr zogen Dunstschwaden wie weiße Fahnen, die zitternd davonwirbelten und Grashalme freigaben.

Mera glitt über verlassene Schlachtfelder, bis das vertraute Lager in Sicht kam. Als ihre Füße wieder den Boden berührten, lief sie zu dem Zelt, wo die Verwundeten lagen. Dunst zog hinter ihr her, doch er holte sie nicht ein. Als sie den Kopf wandte, sah sie noch, wie er sich auflöste, bis nur noch die großen leuchtenden Augen des Drachen übrig blieben. Auch die hatte sie geschaffen.

Aber wenn sie nicht ihrer Unsterblichkeit dienten, wozu dann? Sie atmete tief durch. *Du bestimmst*, ertönte die Stimme des Drachen in ihrem Kopf. *Es ist deine Magie.*

Ihre eigene Magie. Vielleicht war sie doch ein Segen. Mera nickte. Sie hob die Hände. Seine Augen senkten sich zu ihr herab, bis jeweils eine glühende Kugel in jeder Hand lag. Wärme knisterte auf ihrer Haut. Dann verzogen sich die letzten Nebelschwaden und das Licht explodierte.

Zurück blieben die Splitter seiner Augen.

Wie unzählige Glühwürmchen schwirrten sie über die

Verwundeten hinweg, bis jeder von ihnen einen Menschen ausgewählt hatte.

Außer Atem eilte Mera zu Baris und ergriff noch einmal ihre Hand. Die Haut ihrer Freundin glühte, ihre Lider flatterten. Auf ihrer Stirn lag ein glänzender Film aus Nässe.

Ein gelber Funken fiel auf den blutigen Verband an ihrer Seite, drang durch den Stoff und verschwand. Das Rot sickerte zurück in Baris' Körper, im nächsten Moment tat sie einen tiefen Atemzug. Ihre Finger umklammerten Meras Hand so fest, dass es wehtat, doch Mera zog sie nicht zurück.

Baris blinzelte. Ihre Augen waren so klar wie ein Sommertag.

„Ich wusste, ich werde gesund", sagte sie.

Tränen brannten wieder auf Meras Wangen, doch sie musste lachen. Überall um sie herum wurden Menschen von ihren Verletzungen geheilt, bis alle gelben Lichtspritzer erloschen waren.

Die Luft roch nach Kirschblüten.

Als sie das Zelt verließen, stand die Sonne hoch am Himmel und warf einen goldenen Schein über das Lager. Die Wärme kitzelte Meras Haut, drang bis in ihre Brust.

Am nächsten Tag rief der König wieder zu den Waffen. Wieder sollte gekämpft werden, um neue Wunden zu schlagen und neue Tote zu schaffen. Selbst wenn Mera ihr Schwert noch gehabt hätte, wäre sie nicht aufs Schlachtfeld zurückgekehrt. Die Magie in ihr war nicht für den Krieg bestimmt. Niemals wieder würde sie Nebel erschaffen, sondern nur noch die heilenden Augen des Drachen.

Als sie der Streitmacht den Rücken kehrte, folgte Baris ihr.

Für sie beide war der Krieg vorbei – ebenso wie Meras Unsterblichkeit.

Das Holominator-Experiment

von Anne Schmitz

„Isaak, du bist mein bester Freund und Lieblingsnerd. Wenn du das auch bleiben willst, solltest du dir angewöhnen, deine Nachrichten genauer zu formulieren." Mit diesen Worten betrat Kim das Zimmer.

Gekonnt schlängelte sie sich zwischen zwei Türmen aus PC-Gehäusen, die wie Säulen bis zur Decke emporragten, hindurch. Das erste Zimmer ihres Freundes ähnelte eher einer Lagerhalle für PC-Hardware. An den Wänden standen Regale, die überquollen von Computerzubehör, Werkzeugen und Kabeln in allen Größen und Variationen. Auf dem Schreibtisch, der als Raumteiler diente, türmten sich PC-Zeitschriften und Fachbücher. Nicht selten brach ein solcher Stapel zusammen und rutschte auf das dahinterstehende Bett.

Man hätte vermutet, dass hier ein selbstständiger Computerspezialist hauste. Aber Isaak besuchte zusammen mit Kim die siebte Klasse des städtischen Gymnasiums in Rheinstadt.

Kim stieg über einen Haufen Festplatten, schob sich an einem

Werkstattwagen vorbei, umrundete Schreibtisch und Bett. Dann betrat sie das Nebenzimmer, Isaaks *Heilige Halle*, wie er es nannte.

Ein weit aufgerissenes Maul, dessen dolchartige Zähne im Licht der Neonröhren blitzten, empfing sie. Unwirsch schob sie die von der Decke baumelnde Drachenfigur in der Größe eines Schäferhundes zur Seite. Tonkatram, wie Isaak ihn nannte, war der größte Drache seiner Sammlung. Mit seinem Furcht einflößenden Äußeren sollte er Eindringlinge von dem Zimmer fernhalten. Ein Regalbrett, das über ihren Köpfen angebracht war, beherbergte die anderen Drachen.

Das Kernstück der *Heiligen Halle* war Isaaks *Rechenmaschine,* bei deren Anblick jedem anderen vor Staunen die Kinnlade heruntergefallen wäre. Vier Flachbildschirme waren nebeneinander an der Wand montiert und nahmen fast deren gesamte Breite ein. Ebenso überdimensioniert war auch Isaaks Supercomputer, der in einem mannshohen Spind untergebracht war und neben den Monitoren in der Ecke stand. Aus unzähligen Löchern in der Wand des Spindes quollen Kabel heraus.

Isaaks neuestes Projekt, der *Holominator,* befand sich in der Mitte des Zimmers. Kim umrundete den Holominator und stellte sich neben Isaak, der, den Blick stur auf die Monitore gerichtet, an einem kleinen Tisch saß und in die Tastatur hämmerte. „Setz dich", sagte er und deutete mit einer Hand auf einen Sessel, während die andere ununterbrochen weiter in die Tasten haute.

„Ich meine es ernst." Kim ignorierte die Hand. „Obwohl ich weiß, dass du dich, sagen wir mal ..." Sie überlegte, „... nicht immer altersentsprechend ausdrückst, bekomme ich bei einer solchen Nachricht einen Herzinfarkt." Sie kramte ihr Handy aus der Hosentasche, suchte die Kurznachricht und hielt sie Isaak vor die Nase: *Komm schnell. Es geht dem Ende zu!*

„Wieso?" Verständnislos sah Isaak sie durch dicke Brillengläser an. „Es geht tatsächlich dem Ende zu, dem Ende der Planungs- und Bauphase."

Kim verdrehte die Augen. Isaak, Sohn eines Physikprofessors und einer weltweit geschätzten IT-Spezialistin, mochte auf den Gebieten der Physik, der Robotik und der Datenverarbeitung ein Genie sein; von zwischenmenschlicher Kommunikation und Einfühlungsvermögen verstand er allerdings nicht viel.

„Noch wenige Minuten und dann wird mein Holominator das erste Mal zum Einsatz kommen."

Kims Neugier vertrieb augenblicklich ihren Ärger. „Nachdem

du wochenlang voller Anspannung daran gearbeitet und mich damit verrückt gemacht hast, wirst du mir also endlich den Holominator präsentieren. Bedeutet das etwa auch, dass wir anschließend in die Stadt gehen und ein Eis essen, zur Feier des Tages?"

Gut gelaunt verstrubbelte sie Isaaks braune, ohnehin in alle Richtungen abstehende Haare.

Isaak grummelte missbilligend. Sie wusste, dass es ihrem Freund ein Gräuel war, sich unter Menschen zu begeben. Sie machten ihn nervös und verunsicherten ihn. Aber Kim konnte es einfach nicht lassen, das Computergenie ein wenig damit aufzuziehen. Schmunzelnd ließ sie sich in den Sessel plumpsen.

Im selben Moment ging die Deckenlampe aus. Die Monitore, auf denen Schaltbaupläne und jede Menge Daten zu sehen waren, spendeten schummriges Licht.

Isaak erhob sich und sagte feierlich: „In T-100 geht's los."

Ein Countdown erschien auf einem der Bildschirme: 99, 98, 97, … Isaak nahm die kabellose Tastatur und trug sie zum Versuchsaufbau.

„In wenigen Augenblicken wirst du Zeugin der ersten holografischen Projektion meines neuen und einzigartigen

Holominators. Mir ist es gelungen, mehrere Laser und Projektoren so zu vernetzen, dass sie eine Holografie erzeugen können." Er deutete auf den Versuchsaufbau. Von der Decke hing an einer dünnen Eisenkette eine Kugel aus Maschendraht von etwa einem Meter Durchmesser. Zwei Dutzend faustgroße Geräte, die an Kameras erinnerten, waren daran befestigt. Zusätzlich steckten von außen Laserpistolen in dem Drahtgeflecht. Kim zählte insgesamt fünfzehn. Alle waren auf die Mitte der Kugel ausgerichtet.

„Die Laserstrahlen werden das Gerüst konstruieren. Anschließend wirft jeder Projektor einen kleinen Bildausschnitt auf das Gerüst. Wenn alles klappt, werden sich die einzelnen Bilder, ähnlich einem 3-D-Puzzle, zu einer Holografie zusammenfügen. Dem liegt das physikalische Gesetz der …"

Während Isaak die Funktionsweise des Holominators genauer erläuterte, betrachtete Kim die Laser und Projektoren. Sie schienen auf einen daumennagelgroßen, pechschwarzen Gegenstand, der in der Mitte der Glasplatte lag, ausgerichtet zu sein.

„Und was ist das für ein Köttel da auf der Glasscheibe?"

„*Köttel*?" Isaak war so entsetzt, dass Kim befürchtete, er würde gleich in Ohnmacht fallen.

Er schnappte nach Luft und stotterte: „Das, das ist doch kein *Köttel*! Das ist ein Stückchen *Asteroidengestein*, äußerst selten und unsagbar teuer. Dieses sehr kleine Objekt bezeichnen wir nach der Durchquerung der Erdatmosphäre als Meteoriten, da der Begriff Asteroid im Allgemeinen einen Kleinplaneten bezeichnet. Nur weil mein Vater ein bekannter Wissenschaftler ist, durften wir es von einem New Yorker Museum ausleihen."

Er musste sich erst etwas beruhigen, bevor er weiterreden konnte. „Dieses Gestein ist der Schlüssel zu der Holografie. Es ist magnetisch und so schwarz, dass …"

Kim hörte nicht mehr zu. Sie verstand von all dem nur die Hälfte, wenn überhaupt. Ungeduldig unterbrach sie ihn: „Was willst du den holografisieren?"

„Holografieren!", verbesserte Isaak. „Einen Drachen, natürlich. Wennschon, dennschon."

Das klang logisch. Denn neben seiner Leidenschaft für alles Physikalische interessierte sich Isaak eben auch für Drachen. Er tippte einige Befehle in die Tastatur und auf einem Monitor erschien die 3-D-Simulation eines schlafenden Drachen. Das beeindruckende Wesen hatte den Kopf auf die Vorderpranken gelegt. Rot-orange Schuppen bedeckten seinen kräftigen Körper und den langen Schwanz, der in einer Pfeilspitze endete. Ein Schild aus Stacheln umgab seinen Kopf, auf dem zwei gewaltige Hörner prangten. Obwohl das Maul geschlossen war, lugten spitze Zähne hervor, die bis zu den kleinen, tief in den Höhlen liegenden Augen hinaufragten.

„Schicker Bursche", kommentierte Kim.

„Nicht wahr!" Isaak klang sehr zufrieden, schaltete die Monitore aus und fügte hinzu: „Dann wollen wir ihn mal holografieren. In 4, 3, 2, 1."

In der nächsten Sekunde schalteten sich die Laser ein. Die Geräte summten, die Luft knisterte förmlich. Staunend betrachtete Kim, wie sich der Holominator in Betrieb setzte. Gebündelte rote Lichtstrahlen schossen aus den Lasern, bogen sich und ummantelten das kostbare Stück Asteroidengestein wie ein Gitter aus Laserlinien. Als würde der Stein sie von sich schieben, blähte sich das Raster auf und nahm die Form des schlafenden Drachen an.

Dann begannen die Projektoren mit ihrer Arbeit. Zuerst passten die einzelnen Bildteile nicht so recht zusammen. Doch als das Lasergitter auf die Größe einer Pampelmuse angewachsen war, lag auf der Glasplatte ein täuschend echtes Hologramm eines Drachen.

„Wow", entfuhr es Kim.

Isaak brachte kein Wort heraus. Wie versteinert starrte er auf sein Werk.

„Kann man den anfassen?" Ohne eine Antwort abzuwarten, zwängte Kim eine Hand durch das Gitter des Maschendrahtes.

„Es ist nur Licht", hauchte Isaak wie in Trance. „Man kann ihn nicht berühren."

„Aber er sieht so echt aus." Kim konnte nicht anders, sie schob ihre Hand der Holografie entgegen.

Nur eine Daumenlänge vor dem Drachen verharrte sie. Hatte sie gerade richtig gesehen? Das konnte doch nicht sein!

„Hast du das auch bemerkt?", fragte sie ungläubig.

„Was denn?"

„Waren die Augen des Drachen nicht gerade noch geschlossen?"

Konzentriert starrten sie auf die Holografie. Zuerst geschah nichts, aber dann zwinkerte der Drache und hob den Kopf.

Kim stieß einen spitzen Schrei aus. Sie wollte ihre Hand zurückziehen, blieb jedoch in dem Drahtgeflecht hängen. Panisch versuchte sie, sich zu befreien.

„Hilf mir hier raus!", rief sie. Ihr Herz hämmerte in der Brust.

„Sag, dass das so sein soll! Das ist ein bewegliches Hologramm. Wie in Computerspielen. Nicht wahr, Isaak?"

Er antwortete nicht, glotzte nur mit offenem Mund und weit aufgerissenen Augen auf den Drachen. Sein Gesicht hatte eine gespenstische Farbe angenommen.

Als Kim ihn so sah, zerrte sie noch wilder an ihrer Hand, die sich endlich aus dem Gitter löste. Sie taumelte nach hinten und stolperte über einen Kabelberg. Dabei verfing sich ihr Fuß in einem Mehrfachstecker. Den riss sie im Fallen mit sich. Sie hatte die Stromverbindung des Holominators gekappt!

Sofort wurde es stockfinster. Außer dem leisen Surren der hin und her schwingenden Kugel war nichts zu hören.

„Was ist das?", wisperte Isaak.

Jetzt erste bemerkte Kim das zarte Leuchten. Im Inneren des Meteoriten pulsierte rotes Licht. „Es sieht aus wie ein schlagendes Herz", flüsterte Kim.

„So ein Quatsch." Für Isaak war all das offensichtlich zu viel. Er tippte drei -, viermal auf seine Tastatur und schon flammte die Deckenlampe auf.

Abermals verschlug es Kim die Sprache. Auf dem immer noch stark schwankenden Glasboden befand sich ein Drache. Er sah genauso aus wie die Holografie. Nur lag er nicht mehr, sondern stand auf seinen vier kräftigen Beinen und hob neugierig den Kopf. Aus kleinen schwarzen Augen schaute er die Kinder an.

„Oh, ist der süß", schwärmte Kim und streckte wieder die Hand nach ihm aus. „Ich finde, wir brauchen einen Namen für ihn. Wie wäre es mit Lux?"

Isaak stand immer noch wie vom Donner gerührt da, den Blick auf das Fabelwesen geheftet, das sich nun schnuppernd Kims Fingern näherte. Leise gab es ein gurrendes Geräusch von sich.

„Was bist du denn für ein lieber Kerl?" Kim lächelte und wollte den Drachen unterm Kinn kraulen. Doch als ihre Finger die Lichthaut berührten, schoss ein Blitz hervor und versetzte ihr einen Stromstoß. „Auuu", schrie sie.

Lux musste auch etwas gespürt haben. Aufgescheucht rannte er über die Glasplatte und fauchte erbost.

„Pass auf!", rief Isaak.

Doch der Drache hörte nicht auf ihn, sondern lief schnurstracks zum Ende der Platte. Mit einem erstaunten Quieken fiel er runter, purzelte durch eine Masche des Drahtes, schlug hart auf dem Fußboden auf.

„Oh, nein! Ist ihm was passiert?", fragte Kim ängstlich. Sie ließ sich auf alle viere nieder und kroch zu Lux, der sich nicht rührte.

„Das ist doch alles Blödsinn", schimpfte Isaak. „Er ist eine Projektion, gemischt mit Laserenergie, besteht nur aus Licht. Er kann sich nicht verletzen." Das Computergenie verstummte, dachte wohl nach und flüsterte: „Eigentlich dürfte er überhaupt nicht existieren."

Kim antwortete: „Das Experiment hatte wohl einige Nebenwirkungen." Sie konnte ihren Blick nicht von Lux lassen. Besonders das durch die Holo-Haut hindurchscheinende Pulsieren des Meteoriten faszinierte sie. „Vielleicht hat dieses Stück aus Asteroidengestein mit all dem etwas zu tun?", mutmaßte sie.

„Schon möglich." Isaak kratzte sich nachdenklich am Kinn. „Vielleicht beinhaltet es eine unbekannte Substanz oder …"

Weiter kam er nicht. Der Drache stand auf, schüttelte seinen Kopf, wohl um die Benommenheit loszuwerden, breitete seine Flügel aus und hob ab. Das geschah so schnell, dass die Kinder nicht reagieren konnten. Der Drache drehte eine Runde über ihren Köpfen und flog in den Lagerraum.

„Halte ihn!", schrie Isaak „Der hat den Meteoriten in sich. Wenn meine Eltern erfahren, dass der weg ist …!"

Sie stürmten ins Nebenzimmer.

„Ein Glück, er ist noch da." Isaaks Freude wehrte nicht lange, denn der Drache flog geradewegs zur Decke und schlüpfte in den Deckenfluter. „Oh, nein! Wie bekommen wir ihn da wieder raus?"

„Und wenn …"

Kim spürte, wie sie kreidebleich wurde. „Wenn er sich einfach

wieder auflöst? Er ist schließlich ein Wesen aus Licht."
Obwohl sie den kleinen Lux erst wenige Augenblicke kannte,
krampfte sich bei dem Gedanken ihr Herz zusammen.

„Das wäre gar nicht so schlecht", befand Isaak dagegen. „Dann
bekomme ich das Stück Asteroidengestein wieder und wir tun
so, als wäre nichts geschehen." Er drehte sich um und lief aus
dem Zimmer. „Ich hole eine Stehleiter, damit wir nachsehen
können", rief er noch.

* * *

Nur wenige Minuten später war die Leiter aufgebaut. Kim
kletterte so schnell hinauf, dass Isaak nur so staunte. Vorsichtig
lugte sie in den Deckenfluter hinein. Lux hatte es sich neben
der Halogenlampe gemütlich gemacht. Unaufhörlich schnellte
seine Zunge aus seinem Maul hervor. *Wie eine Katze, die ein
Schälchen Milch ausschleckt,* dachte sie. Dann wurde ihr
plötzlich klar, was Lux dort trieb. Er fraß von dem Licht, das
die Lampe ausstrahlte.

Jetzt bemerkte der Drache, dass er nicht mehr allein war und
fixierte sie mit seinen kleinen Augen. Ein Gurren entstieg
seiner Kehle.

Er lächelt mich an, stellte Kim erstaunt fest und lächelte zurück. *Ob er wohl sprechen kann?,* fragte sie sich, als Isaak rief: „Sag schon, ist der Meteorit noch da?"

Der Meteorit! Kims Magen krampfte sich zusammen. Wütend blaffte sie ihren Freund an: „Kannst du denn an nichts anderes denken als an diesen blöden Stein?" Sie bemerkte, dass sie sich im Ton vergriffen hatte und fügte ruhiger hinzu: „Ja, Lux ist noch hier. Aber wie es aussieht, ist der Meteorit jetzt sein Herz. Wenn wir ihn aus ihm herausholen, dann, dann …" Bei dem Gedanken daran, was mit Lux geschehen würde, versagte ihr die Stimme.

„Meinst du, das wüsste ich nicht? Wir haben aber keine andere Wahl. Meine Eltern werden ihren Job verlieren, vielleicht sogar das Haus und alles, was wir besitzen. Der Meteorit ist nun mal mega wertvoll." Verzweifelt sah Issak Kim an. Dann straffte er sich. „Wir müssen es tun!"

„Was müsst ihr tun?" Professor Neumaier, Isaaks Vater, stand im Türrahmen. „Und was machst du auf der Leiter, Kim? Komm sofort da runter."

Als Kim wieder unten war, versuchte Isaak seinen Vater davon abzuhalten, die Leiter zu erklimmen.

Doch alles Bitten und Flehen half nichts. Professor Neumaier lugte wenige Sekunden später in die Lampe. Kim und Isaak hielten die Luft an, erwarteten ein Donnerwetter. Schweigend kletterte Isaaks Vater rückwärts die Leiter wieder herunter. „Ich glaube, ihr habt mir einiges zu erklären. Kommt mit in mein Büro."

* * *

Noch nie im Leben hatte Kim sich so mies gefühlt. Sie und Isaak berichteten Professor Neumaier von den Ereignissen des Nachmittages. Er hörte schweigend zu, schickte sie dann zurück in Isaaks Zimmer, um den Drachen zu hüten.

Da saß Kim nun, starrte zum Deckenfluter empor, in dem Lux friedlich schlief. Was würde mit ihm geschehen? Wäre der Professor in der Lage, den Meteoriten aus Lux herauszuholen, ohne ihm zu schaden? Oder mussten sie sich von Lux verabschieden? Kim schluckte schwer und blickte zu ihrem Freund, der neben ihr auf dem Boden hockte und genauso elend aussah, wie sie sich fühlte.

„Da habt ihr uns ja etwas Schönes eingebrockt." Professor Neumaier betrat das Zimmer. Während er noch die Tür schloss, sprangen Kim und Isaak schon auf.

Der Professor sah zuerst Isaak, dann Kim an. Er nahm seine Lesebrille von der Nase und putzte sie an seinem Hemdzipfel.

„Ich habe viele Telefonate geführt. Ihr könnt von Glück sagen, das der Kurator des Museums für Geologie ein guter Freund von mir ist."

Der Professor setzte seine Brille wieder auf. „Er hat mir den Meteoriten als Dauerleihgabe überlassen."

„Heißt das, Lux darf sein Herz behalten?", fragte Kim eifrig.

„Ja, das heißt es."

Isaak und Kim brachen in Jubel aus, sprangen auf und fielen sich in die Arme. Lux war gerettet.

„Aber!" Professor Neumaiers Stimme klang laut und streng. „Ich möchte, dass du, Isaak, die Verantwortung für dein Tun übernimmst." Er sah seinem Sohn tief in die Augen. „Schön wäre es, wenn du, Kim, ihn unterstützen würdest", fügte er an sie gewandt hinzu. „Von nun an seid ihr beide für Lux verantwortlich. Ihr müsst versuchen, herauszufinden, welche Lebensform er darstellt und euch um ihn kümmern."

Isaak und Kim nickten zustimmend.

„Außerdem müsst ihr dafür sorgen, dass er unser Haus niemals verlässt. Auch dürft ihr mit niemandem über ihn sprechen. Habt ihr mich verstanden?"

Wieder nickten sie.

„Gut, ich weiß nämlich nicht, was passiert, wenn die Neuigkeit von einer lebenden Holografie die Runde macht." Er wandte sich zum Gehen. „Ich werde jetzt mal deine Mutter anrufen, mein Sohn. Über eine geeignete Strafe sprechen wir heute Abend beim Essen." Damit verließ er das Zimmer und schloss sorgsam die Tür hinter sich.

Isaak lächelte Kim an. „Das ist noch mal gut gegangen."

Sie strahlte. „Jetzt haben wir ein holografisches Haustier."

„Einen holografischen Hausdrachen", verbesserte Isaak sie.

Beide sahen zum Deckenfluter hinauf, aus dem just in diesem Moment Lux herausschaute. Er lächelte, als wüsste er, dass er ein Zuhause gefunden hatte.

Reitdrachenmetzger

von Achim Stößer

Der unverkennbare Gestank von Drachenmist und Drachenschweiß lag zwischen den Stallungen des Reiterhofs. Hier und da war das Klirren von Ketten und das Scharren von Schwanzkeulen über strohbedeckten Steinböden zu hören. Ein leichter Wind wehte Gerüche und Geräusche hinüber zum Waldrand, wo auf einem Weg, verborgen hinter hohen Feldern voller Neunkornähren, ein Schreitwagen mit gespreizten Beinen stand. Die Nachtluft lag warm über dem Boden. Spuren des Geruchs und der verräterischen Laute drangen durch die gekippten Fenster ins Innere des Fahrzeugs.

Ein Tatzelwurm wand sich aus seinem Bau und schnürte über den Feldweg. Mit glühenden Augen sah er den vier Insassen des Schreitwagens neugierig ins Gesicht, bevor er im Gebüsch verschwand.

Wolken waren aufgezogen und bedeckten die Monde. Nur hier und da blinkte ein Stern durch eine Lücke, sodass lediglich ein paar trübe Außenlampen an den Fassaden der Gebäude den Hof erleuchteten.

»Sieht alles ruhig aus«, stellte Tanna leise fest. »Fangen wir an?«

Zwei Tage zuvor hatte Draqi in der Fußgängerzone von Ogerfurt einen Informationsstand aufgebaut. Zusammen mit Goldwiese hatte Wolkenwind Flugblätter auf einem Tapeziertisch ausgebreitet. Zwischen Tellern und Pfannen standen Eierkartons, auf die sie Leichen von Zwergdrachen aus den Mülltonnen einer Eierproduktionsanlage drapiert hatten. Es war warm. Inzwischen ging ein leichter Verwesungsgeruch von den Körpern aus, um die Aasfliegen schwirrten. Hier und da regte sich in einer Wunde eine bleiche Made.

Die meisten Passanten gingen vorbei, den Blick starr nach vorn gerichtet, um nicht die Leichen ihrer Opfer sehen zu müssen, die noch nicht zerstückelt und somit unkenntlich gemacht worden waren. Nur wenige blieben stehen, zeigten sich entsetzt, als ihnen klar wurde, was sie anrichteten, wenn sie Dracheneier aßen.

Goldwiese stupste Wolkenwald an, um sie auf eine Frau aufmerksam zu machen, die näherkam und dabei ein paar Markscheine aus der Tasche kramte. Die Frau trug gemäß der in Purpurien vorherrschenden Glaubensrichtung ihrer Religion eine spitze Haube mit Scheuklappen und Knebel. Nun nahm sie den Knebel kurz aus dem Mund. »Was kosten?«, fragte sie in gebrochenem Volkländisch mit purpurischem Akzent und deutete auf die toten Tiere. Offensichtlich glaubte sie, es sei ein Verkaufsstand.

Wolkenwald versuchte, sich zusammenzureißen und ihr klarzumachen, dass sie nicht mit den Leichen handelten. Doch es dauerte eine Weile, ehe die Purpurin sich verständnislos davontrollte. Sie verteilten weiter Flugblätter und klärten die Passanten auf, die stehen blieben. Etwa ein Glasen später sah Wolkenwald, wie Süßwind angelaufen kam.

»Wo warst du, wir wollen bald Schluss machen«, fragte Goldwiese vorwurfsvoll, als Süßwind außer Atem neben ihr stand.

Wolkenwald bemerkte, dass Süßwind geweint hatte und auch jetzt noch mit den Tränen kämpfte.

»Was ist passiert?«, fragte sie.

Stockend und ein wenig unzusammenhängend berichtete Süßwind, dass einer der Drachen auf dem Reiterhof direkt neben dem alten Aussiedlerhof, auf dem sie seit einiger Zeit mit ein paar Leuten lebte, in fünf Tagen zum Schlachthof gebracht werden sollte.

»Was erwartest du?«, fragte Goldwiese. »Auch wenn die Drachen groß und stark scheinen, das Gewicht des Sattels und der Reiter ruiniert nach wenigen Jahren ihre Wirbelsäule und ihre Sprunggelenke. Dann taugen sie nicht mehr zum Reiten, allenfalls als Beistelldrache.«

»Aber wie können Laufdrachenfreunde so etwas tun?«, fragte Süßwind mit zitternder Stimme.

»*Laufdrachenfreunde!*«, zischte Goldwiese verächtlich. »Schöne Freunde, die die Drachen, wenn sie ihnen nichts mehr nützen, ermorden lassen. Die nicht wissen wollen, dass die Drachen im Schlachthof nicht nur die Angst, sondern auch das Blut der vor ihnen Getöteten riechen und ihre Schreie hören. Dass dann ihre Halsschlagader aufgeschlitzt wird, damit sie selbst verbluten. Oder die es nicht schert. Freunde? *Drachenausbeuter!*«

»Es gibt nur eine einzige *natürliche Situation*, in der sich jemand auf dem Rücken eines Laufdrachen befindet. Nämlich, wenn ein Säbelzahndrache ihn von einem Baum oder einem Felsvorsprung aus anfällt, sich auf seinem Rücken festkrallt und ihm die Zähne in den Hals schlägt«, ergänzte Wolkenwald. »Die Todesangst, die ein Reitdrache empfindet, wenn jemand auf seinen Rücken steigt, liegt daher in seiner Natur. Also muss er erst gebrochen werden, um sich von einem Reiter besteigen zu lassen«, fügte sie hinzu.

»Die Bezeichung *Reitdrachen* für Laufdrachen ist unangebracht«, warf Goldwiese ein. »Sie reduziert den Drachen auf seinen Nutzen für die Ausbeuter.«

Wolkenwald nickte. »Auch wenn die Reiter heute seltener körperliche Gewalt anwenden und Sporen hierzulande verboten sind, zwingen sie doch den Drachen ihren Willen auf.«

Sie musterte Süßwind abschätzend. »Wenn die Reiter sie zugrunde geritten haben und die Drachen sich vor Schmerzen kaum mehr rühren können oder aber aufbegehren gegen das, was ihnen angetan wird, finden sie zurück zu ihren Instinkten. Diese Instinkte sagen ihnen, dass sie den Feind auf ihrem Rücken abschütteln müssen. Sie taugen also nicht mehr als Reitgerät. Die wenigsten Reiter leisten sich den Luxus, die Drachen durchzufüttern, bis sie an Altersschwäche sterben. Stattdessen kassieren sie lieber das Geld vom Metzger und die Drachen enden so in der Wurst. Die Gelatine aus ihren Gebeinen und Schuppen wird mit Zucker und Farbstoffen zu Lutschgummis verarbeitet. Früher landeten sie beim Abdecker, der die Knochen an Seifensieder, die Häute an Gerber und die verwesenden Leichen an Salpeterer verscherbelte. Die Massengräber voller Leichen von Soldaten und Drachen auf historischen Schlachtfeldern wurden ebenfalls gern von Salpeterern verwertet. Salpeter wiederum war für die Herstellung von Schwarzpulver notwendig, das seinerseits nützlich war, um die Zahl der Kriegstoten zu steigern. Ein wundervoller Wirtschaftskreislauf …«

»Bla, bla …«, unterbrach Goldwiese. »Das bringt uns alles nicht weiter.«

»Ich wollte ihn freikaufen«, sagte Süßwind leise, »und habe gefragt. Sie würden ihn mir überlassen, aber sie verlangen einen unverschämten Preis. So viel habe ich nicht. Können wir ihn …«

»… freikaufen?«, fiel Goldwiese ihr ins Wort. »Bist du verrückt? Den Ausbeutern auch noch Geld in den Rachen werfen?«

»Aber sie bringen ihn um! Sie schießen ihm in den Kopf, schlitzen ihm die Kehle auf, bis er verblutet ist, reißen ihm die Haut vom Leib und zerstückeln seine Leiche, um sie aufzufressen.« Die Verzweiflung war Süßwind anzumerken. »Wir müssen doch etwas tun!«

»Ja,« Goldwiese nickte, »aber wir werden nicht für einen weiteren Drachen bezahlen und damit die Spirale antreiben.«

»Was dann?«, fragte Süßwind.

»Was wohl?«, erwiderte Goldwiese.

Süßwind begriff. »Oh! Wirklich?«

»Klar«, bestätigte Wolkenwald, die längst bemerkt hatte, worauf das hinauslief.

»Mein Schreitwagen ist in der Werkstatt«, sagte Goldwiese. »Die Gummibesohlung muss erneuert werden. Hat Tanna nicht auch eine Anhängerkupplung an ihrem Wagen?«

»Ja.« Süßwind nickte eifrig. »Meint ihr, sie macht mit?«

»Natürlich. Logistisch wird es nicht einfach, so kurzfristig, aber das sollte zu schaffen sein«, erklärte Wolkenwald.

»Großartig!« Süßwind strahlte übers ganze Gesicht. »Ich kann euch dann alles zeigen, ich war oft drüben und kenne mich da aus.«

Wolkenwald zögerte. Süßwind war jung, zu jung für ein solches Risiko. Zwergdrachenbefreiung war eine Sache, aber das hier eine ganz andere. Süßwinds emotionale Beteiligung konnte zudem die Aktion gefährden.

»Du hältst dich besser fern und besorgst dir ein wasserdichtes Alibi. Vielleicht gehst du zu einem Konzert weit weg von hier, sagen wir in Nebelburg«, widersprach sie deshalb.

»Die kennen dich doch. Du bist ihre Nachbarin und wolltest

den Drachen freikaufen. Was glaubst du, wen sie verdächtigen werden?«

* * *

Als sie sich dem Hof näherten, stieg der Gestank von Drachenmist und Drachenschweiß immer deutlicher in ihre Nasen. Das Keulenscharren und Kettenklirren war so laut, dass es ihnen fast unmöglich schien, die Hofbesitzer in den Wohnhäusern könnten schlafen. Sie trugen dunkle Kleidung. Lediglich die blassblaue Haut ihrer Gesichter und ihrer Hände hätte man sehen können, wären die Monde nicht wolkenverhangen gewesen. Nur Tanna bildete eine Ausnahme. Sie stammte aus Südsommerland. Ihre Haut war daher dunkelblau wie der Nachthimmel.

»Sind hier Wachdrachen?«, fragte Ankertau.

»Ein paar Schneedrachen«, antwortete Wolkenwald, die Süßwind ausführlich zu den Einzelheiten befragt hatte, »aber zumindest nicht in der Nähe der Stallungen, Schnee- und Laufdrachen vertragen sich nicht. Also keine Sorge, Tau.«

Leise schlichen sie dicht an den Außenwänden entlang.

»Hier muss es sein«, flüsterte Wolkenwald.

119

Tanna öffnete das Tor. Sie traten ein, gingen vorbei an mehreren angebundenen Laufdrachen, die sie neugierig beäugten.

Ankertau stieß mit dem Fuß gegen einen Haarkorneimer, der scheppernd umfiel.

»Schsch …«, zischte Tanna.

»Der muss es sein«, sagte Goldwiese.

Die Schuppen des Drachen waren pechschwarz, was ihnen entgegenkam, da er so in der Nacht schwer zu erkennen sein würde.

»Wandraufen«, bemerkte Wolkenwald. Ihre Stimme klang verächtlich. »Viel zu hoch. Die Drachen müssen den Rücken durchdrücken, um ans Heu zu kommen. Das führt zu Senkrücken. Und sie atmen den Heustaub ein.«

Der Drache wandte ihr kauend den Kopf zu und entblößte schnaubend die Mahlzähne. »Würde mich nicht wundern, wenn sie zum Reiten Zaumzeug mit Kandare verwenden.«

Wolkenwald reckte die Hand nach oben, strich dem Drachen, der den Kopf herunterbeugte, sanft über die Nüstern.

Währenddessen band Ankertau ihm einen Strick ans Stallhalfter. Dann trat er zum Schwanz, um die Kette, mit dem der Drache angebunden war, zu lösen.

»Warte.« Wolkenwald legte Ankertau die Hand auf die Schulter, um ihn zurückzuhalten.

Vorsichtig streichelte sie die Schwanzwurzel, bis der Drache die Schwanzkeule hob, aus der rundum spitze Hörner wuchsen. Rasch umwickelte sie die Keule mit einer langen Stoffbahn, dann kettete sie den Drachen ab. Ankertau griff nach dem Strick am Halfter, der Drache ließ sich widerstandslos aus dem Stall führen. Sein leises Trappeln war kaum zu hören. Hin und wieder schlug die Schwanzkeule dumpf auf den Boden und riss, obwohl mit Stoff umwickelt, ein Grasbüschel aus dem Feldweg, der durch das Neunkorn führte.

»Meine Güte, ist der groß«, flüsterte Wolkenwald beeindruckt. Tatsächlich war das Tier selbst für einen Laufdrachen riesig, sein Widerrist überragte ihre Köpfe fast um Armlänge.

Als sie den Anhänger erreichten, wurde der Drache unruhig. Vor der Rampe blieb er steif stehen, weigerte sich, weiterzugehen. Ankertau zog kräftiger am Strick, worauf der Drache schnaubend mit den Vorderbeinen in die Luft stieg. Ankertau schrie auf und ließ den Strick fahren. Geistesgegenwärtig haschte Tanna danach und bekam ihn zu fassen. Wolkenwald sprach leise auf den Drachen ein, um ihn zu beruhigen.

»Süßwind hat erzählt, dass er Probleme mit Anhängern hat«, sagte Goldwiese. »Er muss wohl einmal mehrere Glasen lang in der prallen Sonne in einem Anhänger verbracht haben. Seither macht er Probleme.«

»Das fällt dir jetzt ein?«, zischte Ankertau, während er mit der linken Hand sein rechtes Handgelenk umklammerte. »Er hat mir den Daumen gebrochen!«

»Hab dich nicht so, Tau«, flüsterte Goldwiese, »ist höchstens verstaucht.«

Ankertau knurrte sie an. Tanna ließ mit einer Hand kurz den Strick los und zog eine Kegelfrucht aus der Tasche. Wolkenwald nahm die Frucht und hielt sie dem Drachen vor die Nase, während sie langsam die Rampe hinaufging. Tanna hielt den Strick wieder mit beiden Händen fest. Der Drache reckte den Hals vor und folgte der lockenden Frucht. Als er im Anhänger stand, band Tanna rasch den Strick fest. Wolkenwald gab ihm die Kegelfrucht, die er genüsslich zerkaute. Dann drückten beide sich am Drachen vorbei aus dem Anhänger, schoben die Sicherungsstangen in die Halterungen und klappten die Rampe hoch. Als der Drache bemerkte, wo er sich befand, schlug er mit der Schwanzkeule um sich.

Wolkenwald betrachtete skeptisch die beiden Beine des Anhängers, die unter der Last in die Knie gegangen waren. Alle vier stiegen in den Schreitwagen, Tanna drehte die Zündkurbel und sie schritten langsam über den Feldweg am Waldrand entlang zur Straße. Unruhig trampelte der Drache im Anhänger hin und her. Durch die Bewegungen seiner enormen Masse, die sich über die Anhängerkupplung auf den Schreitwagen übertrugen, ruckte das Gefährt immer wieder. Tanna musste mehrmals stark gegenlenken. Goldwiese und Ankertau setzten sie in der Stadt ab. Die letzten paar Tausendschritt liefen sie über Wanderwege und durch unberührte Natur. Einige Glasen später hielt Tanna im Hochland der *Vierspitzberge*. Dort stiegen Wolkenwald und sie aus. Vor ihnen lag die Hochebene, wo noch einige Laufdrachen frei lebten.

Tanna ließ die Rampe herunter. Wolkenwald stieg in den Anhänger und sprach wieder beruhigend auf den Drachen ein. Seit einiger Zeit hatte er sich kaum mehr gerührt. Der Stoff um die Schwanzkeule war zerrissen, die Fetzen lagen verstreut auf dem Boden des Anhängers. Sie führte den Drachen rückwärts die Rampe hinunter und ein Stück in die Wiese hinein. Dann nahm sie ihm das Halfter ab und warf es ins hohe Gras.

Zaghaft ging der Drache ein paar Schritte, wandte sich um, sah die beiden an, als könnte er es nicht glauben. Er lief weiter, immer schneller, sprang dabei übermütig wie ein Schlüpfling in die Luft. Sein Alter war ihm nicht mehr anzumerken. Mit der Schwanzkeule schlug er im Laufen auf den Boden, sodass Erde und Grasbüschel flogen. Fast schien es, als spürte er, dass er nun frei war.

Von Drachen und Dämonen

von Anathea Westen

Die kleine Pyramide aus rotbraunem Stein stand vor ihr auf dem Schreibtisch. Daina schauderte und wünschte sich nichts sehnlicher, als die Uhr um ein paar Stunden zurückdrehen zu können. Dann wäre sie wieder völlig ahnungslos – und bedeutend ruhiger. Dabei war der Tag absolut normal verlaufen, bis zu diesem Spaziergang …

* * *

Als Socke ein tiefes Knurren von sich gab, schaute Daina überrascht auf. Der ansonsten stets fröhliche Hund starrte in das schwarze Loch eines der vielen Durchflussrohre im Graben. Man konnte alles Mögliche darin finden: Müll, verlorene Mützen oder Handschuhe, sogar ausgesetzte Kätzchen.

Das graue Wesen, das sich jetzt aus dem Rohr quälte, hatte allerdings so gar nichts Niedliches an sich. Der Kopf, mächtig wie der eines Pferdes, zuckte suchend hin und her. Die tiefschwarzen Augen schienen die erstarrten Beobachter nicht zu sehen, doch die runden Nasenlöcher sogen begierig die Gerüche auf, hatten bereits Witterung aufgenommen. Erst der Anblick des weit geöffneten Mauls, aus dem der Geifer von messerscharfen Zähnen tropfte, löste Daina aus der Schockstarre. Dieses Ding hätte niemals in das Rohr passen dürfen! Mal ganz abgesehen davon, dass so etwas schlichtweg nicht existieren sollte! Ihre Beine setzten sich von ganz allein in Bewegung. Keinen Moment zu früh, denn das unheimliche Wesen schälte bereits seine Gliedmaßen aus dem Rohr.

* * *

Ein Stück weiter die Straße hinunter tauchte eine Abzweigung auf, die zu einem alten Hof führte, die einzige Behausung in erreichbarer Nähe. Dort gab es einen Schuppen, in dem Daina schon einmal Zuflucht gesucht hatte, als sie von einem Gewitter überrascht worden war. Ihre einzige Rettung!
So schnell sie konnte, rannte sie mit Socke zusammen auf den Schuppen zu und warf sich gegen die Tür. Einen schrecklichen Moment lang schien diese verschlossen, gab dann aber doch nach, um Daina mit dem aufgeregten Hund einzulassen. Keuchend presste sie sich von innen gegen die Tür. Krallen kratzten über das Holz ...

„Da wird doch der Hund in der Pfanne verrückt! Attila, es gibt zu tun", tönte es in diesem Moment von draußen.

Für einen Moment stand die Zeit still, dann hastete Daina zu dem kleinen Fenster, spähte hinaus und sah zu ihrem Entsetzen das alte Fräulein Rupp auf dem Hof stehen. Mit lautem Jagdgebell umrundete ihr winziger Dackel das Ungeheuer, das sich nun auf die schrullige, zerbrechliche Rentnerin zubewegte. Ohne nachzudenken, griff Daina nach der Sense, die neben der Holztür lehnte, und trat aus dem Schuppen, um der hilflosen alten Dame zu Hilfe zu eilen. Socke raste an ihr vorbei, um sich zu Attila zu gesellen. Abwechselnd bissen sie dem Wesen in die Hacken, das sich dadurch zwar ein wenig ablenken, aber nicht wirklich aufhalten ließ.

Anstatt wegzulaufen, wartete Fräulein Rupp völlig ungerührt, bis das Untier dicht herangekommen war. Sie schien es einfach nur mit ihrem Gehstock zu stupsen – doch es fiel daraufhin, von einer silbernen Klinge durchbohrt, vor der heranstürmenden Daina tot zu Boden. Im Nu verwandelte sich das Schwert zurück in den unscheinbaren Krückstock.

Die alte Dame schenkte ihrem aufgewühlten Gast ein strahlendes Lächeln. „Wenn ein Dämon vor der eigenen Tür auftaucht, wird es allerhöchste Zeit zu handeln. Freut mich,

dass du nicht in Ohnmacht gefallen bist. Und, Fräulein?
Interessiert an einer Karriere als Dämonenjägerin? "

* * *

Bei dieser Erinnerung schüttelte Daina den Kopf. Fräulein
Rupp hatte sie mit ins Haus genommen, um ihr bei Keksen und
einem starken Beruhigungstee alles Mögliche über Dämonen
sowie ihre menschlichen Jäger zu erzählen, über Gefährten, die
es zu finden gelte und Prüfungen, die zu bestehen seien.

„Weißt du, wir könnten immer noch so tun, als wäre überhaupt
nichts geschehen. Was meinst du, Socke?"

Doch der Hund hatte keine Zeit, ihr zuzuhören. Wie gebannt
starrte er auf die Pyramide, als würde er die seltsamen Zeichen
darauf studieren.

„Na schön, ich kann sie mir ja zumindest einmal näher
anschauen. Vielleicht ist das ja bereits eine Art Prüfung? Ich
soll sehen, ob ich etwas damit anfangen kann, hat sie gesagt,
nicht wahr?"

Dainas Hand zitterte leicht, als sie den Stein in Pyramidenform
vom Tisch nahm.

Es war der ungeduldige Nasenstüber von Socke gegen ihren
Arm, der dafür sorgte, dass die Pyramide quer durch das

Zimmer segelte. Mit einem dumpfen Krachen landete sie auf dem Boden und zerbrach.

Für einen kurzen Moment herrschte absolute Stille, bevor so etwas wie ein durchgedrehter Silvesterknaller mit schrillem Kreischen aus den Bruchstücken hervorzischte. Zu schnell für Dainas Augen sauste dieses Ding kreuz und quer durch den Raum, um dann mit Wucht im geöffneten Kleiderschrank einzuschlagen. Der Stapel ihrer T-Shirts wackelte bedenklich, aber bald kehrte wieder Ruhe ein.

Mit wild schlagendem Herzen schlich sich Daina zum Schrank und spähte hinein. Wehe, diese Verrückte hatte ihr einen Dämon untergejubelt! Sie zog eine Grimasse. Nach der Vorstellung, die Fräulein Rupp hingelegt hatte, war es durchaus vorstellbar, dass sie Daina ein bisschen was zum Üben mit auf den Weg gegeben hatte.

Erwartungsvoll fiepend drängte sich Socke an ihre Seite. Daina musterte ihn aufmerksam – kein gesträubtes Fell, kein Knurren, dafür aber ein Schwanz, der jedem Propeller Konkurrenz machen konnte. Was auch immer dort im Schrank lauerte, Socke fand es nett, womit Dämonen definitiv ausschieden.

„Na gut", murmelte sie entschlossen, „dann wollen wir doch mal nachschauen, wer oder was sich hier bei uns eingenistet hat." Behutsam schob sie eine Hand zwischen die T-Shirts, um den Stapel herauszuziehen.

„Uah!" Spitze Zähne bohrten sich in ihren kleinen Finger, ließen auch nicht locker, als Daina die Hand mit einem Ruck aus den Klamotten zog.

Ungläubig starrte sie das Reptil an, das tiefenentspannt vor ihren Augen baumelte. *Eine Eidechse?* Der kleine Kiefer umfasste ihren Finger fester. Es kam Daina so vor, als würde das auf sie gerichtete veilchenblaue Auge ausgesprochen vorwurfsvoll dreinschauen. *Vielleicht doch eher ein Leguan?,* fragte sie sich.

„Autsch!" Das Biest biss nun so kräftig zu, dass Blut floss. Ihr wurde ganz flau, als sie sah, dass dieses Reptil schluckte. Offenbar ließ es sich ihren kostbaren Lebenssaft schmecken. „Das ist ja widerlich!", stöhnte sie.

Da schlang sich der lange Schwanz fest um ihr Handgelenk, Krallen umklammerten ihre Hand, während sich das Maul von ihrem Finger löste.

„Na ja, gut schmeckt es wirklich nicht, aber was tut man nicht alles, wenn man gehört werden will, nicht wahr?"

Daina, die gerade einen deftigen Fluch loslassen wollte, klappte den Mund wieder zu. *Ein sprechender Leguan?* Das

Erlebnis mit dem Dämon hatte ihre Nerven wohl doch etwas überstrapaziert.

„Wenn du noch einmal Leguan zu mir sagst, beiße ich deinen Griffel komplett ab", drohte ihr das Schuppentier, das immer noch *friedlich* an ihrem Handgelenk hing. „Sieh her", sagte es und breitete die seitlichen Hautfalten aus, die sich als kräftige Flügel entpuppten.

Ein Drache? Daina staunte. Gab es so etwas? Im Stillen redete sie sich gut zu: *Nein, das ist unmöglich! Das muss ein vollkommen unbekanntes Wesen sein. Wieso kann ES überhaupt sprechen?*

„*ES*? Findest du nicht, dass ein bisschen mehr Respekt angebracht wäre? Mein Name ist übrigens Tarassya, Tochter von Tarrasque."

Da Daina zu verwirrt war, um darauf zu antworten, führte der kleine Drache das Gespräch einfach selbst weiter. „Wahnsinnig gescheit von mir, dir gleich das Blutbündnis abzunehmen. Wer weiß – wenn wir nicht miteinander sprechen könnten, würdest du mich am Ende noch in ein Terrarium stecken und mit Würmern füttern, igitt!"

„Ähm … du hast mich gebissen, um an mein Blut zu kommen? Und deshalb kannst du jetzt sprechen?"

„Völlig falsch!" Dem Drachen schien die Sache langsam, richtig Spaß zu machen.

Nur noch mit dem Schwanz fest um das Handgelenk gewickelt, nahm er Schwung, um sanft hin und her zu schaukeln.

„Deshalb kannst du mich jetzt hören. Gesprochen hätte ich sowieso, aber ihr Menschen hört halt schrecklich schlecht."

„Ah!" Mehr bekam Daina nicht heraus.

Während ihr Verstand all den verschiedenen Gedanken hinterherjagte, um sie in eine halbwegs vernünftige Reihenfolge zu bekommen, schaute sie sich den kleinen Fingerbeißer genauer an. Schuppen, Flügel, langer Schwanz – insoweit war das typische Bild eines Drachen vollständig. Von einem lavendelfarbenen Exemplar mit dunkelblauen Augen hatte sie allerdings noch nie gehört oder gelesen. *Fast so seltsam wie rosa Einhörner!* Das Grinsen verging ihr sofort, als er wieder und noch fester zubiss.

„Aua! Spionierst du etwa in meinen Gedanken?"

„Denken und Sprechen sind eins für uns Drachen, daher werden respektlose Gedanken genauso bestraft wie ungehörige Sprüche. Ich persönlich liebe die Farbe und den Geruch von Lavendel wie fast alle Dämonenjäger meiner Art. Du hast wahrscheinlich noch nicht gelernt, dass diese Pflanze allerlei

Wirkstoffe beinhaltet, mit denen man Ungeheuer bekämpfen kann, oder?"

Benommen schüttelte Daina den Kopf. „Du willst Dämonen jagen? Aber du bist doch winzig! Ich habe heute einen gesehen, der viel, viel größer war als du. Gegen so einen hast du doch gar keine Chance."

„Ha! Du weißt aber auch gar nichts über Drachenfähigkeiten. Zum Glück gehört Geduld auch dazu, denn bei dir muss ich wohl ganz von vorn anfangen. Schau mal, was ich noch kann."

Bevor Daina reagieren konnte, wickelte sich der lange Schwanz von ihrem Handgelenk, der Drache schwang herum und verschwand blitzschnell im Ärmel ihrer Tunika.

„Hey, spinnst du? Komm sofort da raus!" Sie riss den Stoff hoch und – versteinerte im nächsten Moment. Ihren Unterarm schmückte ein Tattoo, das einen recht fröhlich dreinschauenden Drachen in Lavendel und Dunkelblau zeigte. Vorsichtig strich sie mit einem Finger darüber.

Hihi, das kitzelt. Das Kichern des Drachen wehte durch ihre Gedanken.

„Komm sofort raus aus meiner Haut!"

Daina hatte gehofft, dass ein energisch erteiltes Kommando bei Tarassya ebenso wirken würde wie bei Socke, aber dieser fromme Wunsch blieb unerfüllt. Sie erntete lediglich ein weiteres Kichern.

Die Zimmertür flog auf. „Was veranstaltest du denn hier für ein Theater? Man kann dich sogar unten in der Küche hören."

Ruckartig zog Daina den Ärmel herunter, das noch hervorlugende Schwanzende bedeckte sie eilig mit der Hand. „Uh, ich ... ich glaube, ich habe mir gestern beim Volleyball-Training ein bisschen das Handgelenk verstaucht, nichts Schlimmes."

Ihre Mutter runzelte die Stirn. „Das könnte es aber noch werden, so wie du hier die ganze Zeit lamentierst. Zeig mal, da muss bestimmt eine Salbe drauf."

Energisch griff sie nach Dainas Arm und schlug den Ärmel zurück, um sich das Gelenk anzuschauen.

Da der erwartete Entsetzensschrei wegen des Tattoos ausblieb, wagte auch Daina einen Blick, doch da gab es überhaupt nichts Besonderes zu sehen. *Wo zum Henker ...?*

Hab's mir auf deinem Rücken gemütlich gemacht. Da wird sie ja wohl nicht auch noch nachschauen.

Dieser vermaledeite Drache trieb sich schon wieder in ihren Gedanken herum.

Daina entfuhr ein Stöhnen, was ihrer Mutter besorgte Falten

auf die Stirn trieb. „Vielleicht sollten wir doch besser zum Arzt fahren?"

„Auf gar keinen Fall! Dann denken bloß alle, dass ich ein Weichei bin, das nichts aushalten kann."

„Wie du willst. Was hast du jetzt vor?"

„Mathe büffeln. Ich fürchte, ich habe noch einiges zu lernen."

Wie wahr, wie wahr.

Klappe!

* * *

Fräulein Rupp staunte nicht schlecht, als Daina nur Stunden nach dem letzten Treffen erneut vor ihrer Tür stand. „Das ging aber fix. Hast du noch Fragen?"

„Allerdings! Wie erzieht man Drachen zum Gehorsam?" Sie streckte der alten Dame ihren Arm entgegen.

Dieses Mal versteckte sich Tarassya keineswegs, sondern rekelte sich zufrieden auf Dainas Haut, zwinkerte dem staunenden Fräulein Rupp sogar zu. Dann richtete sie sich auf, stand einen Moment lang in voller Pracht auf dem ausgestreckten Arm, um sich dann in die Luft zu erheben. Sie sauste über den Hof, vollführte Kapriolen um Socke und Attila herum, die begeistert mitspielten und losrannten.

„Oh, mein Kind", seufzte Fräulein Rupp mit tränenerstickter Stimme, „es ist schon so lange her, dass sich ein neues Dämonenjäger-Team gefunden hat. Ich habe fast nicht mehr daran geglaubt, doch hier haben wir: *Mädchen, Hund und Drache*, bereit für die Ausbildung. Nun schau doch nicht so unglücklich drein; ab heute wird dein Leben ein einziges Abenteuer sein. Komm, meine Liebe, komm rein. Ich habe dir noch viel zu erzählen von Drachen und Dämonen."

Dragon Spirit

von Sascha Zurawczak

Wisst ihr, was ein Dragon Spirit ist? Nun, das ist nicht leicht zu erklären. Am besten stelle ich mich erst einmal vor. Ich bin Axel. Seit ich denken kann, habe ich mich nach Abenteuern gesehnt. Immer wollte ich Luftpionier der Freien Handelsallianz werden. Der Bund ist auf der ganzen Welt unterwegs. Ob Tyrann oder Freigeist, jeder ist von den Geschäftsbeziehungen mit der Allianz abhängig.

Als ich alt genug war, bewarb ich mich und hatte Glück. Die tapfersten Abenteurer wurden gesucht, um die Luftschiffe zu fahren.

Was das mit Dragon Spirit zu tun hat, fragt ihr? Dazu komme ich jetzt.

* * *

Schon meine erste Reise führte in das sagenumwobene Inselreich der Drachen. An einem windigen Morgen erreichten wir unser Ziel. Die General Atra, unser Luftschiff, schwebte über der Wolkendecke in einem strahlend blauen Himmel.

Unser Kommandant verfügte über jahrzehntelange Erfahrung. Davon kündeten nicht nur seine Rangabzeichen, sondern auch seine zahlreichen Narben. Auch der Rest der Mannschaft war altgedient. Außer mir gab es noch drei, mit allen Winden gewaschene, Luftbären. Die meisten Außenstehenden bezeichneten unser Schiff als einen fliegenden Schrotthaufen. Damit hatten sie gar nicht mal so Unrecht: eine zwölf Meter lange, zylinderförmige Maschine, deren rostige Außenhaut nur durch notdürftige Flicken zusammengehalten wurde. Im Inneren fanden sich kaum noch originale Bauteile. Für mich jedoch, war dieses Schiff genau das, was ich mir immer erträumt hatte.

Von der Aussichtsplattform an der Oberseite des Schiffes beobachtete ich die aufgehende Sonne, bereit, mich ins Abenteuer zu stürzen.

„Hey, Neuer!" Die Stimme tönte aus der Bordsprechanlage, die alle Ecken und Winkel des Luftschiffes miteinander verband. „Genießt du schon wieder die schöne Aussicht? Komm sofort auf die Brücke, wir brauchen dich hier."

„Bin schon unterwegs", rief ich in den Trichter. Inzwischen war ich es gewohnt, mit Neuer, Kleiner oder Grünschnabel angesprochen zu werden.

Hochmotiviert stieg ich ins Innere des Schiffes und stand kurz danach auf der Brücke. Sie war übersät mit Hebeln, Schaltern und Messinstrumenten. Aufsehenerregend war die Rundumverglasung, die einen tadellosen Blick auf das Wolkenmeer offenbarte. Im großen eisernen Kommandantenstuhl saß Kapitän Hexlat. Seine blaue Uniformjacke hatte schon bessere Tage gesehen. Das traf auch auf sein Gesicht zu. „Ah, der Grünschnabel!" Eine rauchige Stimme dröhnte mir entgegen.

„Sie haben mich gerufen, Kapitän?" Vor dem alten Haudegen stand ich stramm.

„Ich habe beschlossen, dich in den Trupp für die Dracheninseln aufzunehmen. Du gehst mit Sally und mir. Wird Zeit, dass du dir die ersten Sporen verdienst."

Das war die Nachricht des Tages. Ich würde nicht nur eine der Dracheninseln sehen, sondern sie sogar betreten. Ich salutierte. „Das ist großartig!", rief ich begeistert. „Sind wir bald da?"

Hexlat lachte. „Schon längst. Jenkens, ab durch die Wolkendecke!"

Unser erster Offizier und Steuermann betätigte einige Hebel, wodurch die Nase des Luftschiffes eine 45-Grad-Wendung nach unten vollzog.

Hätte ich mich nicht festgehalten, wäre ich auf dem

Hosenboden gelandet, während der Bug mit lautem Brausen durch die Wolkendecke brach.

Für wenige Sekunden war alles vor dem Brückenfenster schneeweiß. Dann klärte sich die Sicht. Allerdings hingen Dunstwolken am Himmel. Das lag nicht etwa am Wetter, sondern an dem riesigen, kegelförmigen Berg, dessen Krater Rauch und Schwefeldünste ausstieß. Seit Jahrtausenden floss immer wieder flüssige Lava den Hang hinunter. Am Fuße des Vulkans hatte sich die Lava aus früheren Zeiten abgekühlt und eine Landmasse gebildet. Sobald neue Lavaströme erkalteten, wuchs die Insel weiter.

Ich konnte es kaum glauben: Vor mir breitete sich tatsächlich eine der legendären Dracheninseln aus. Trotz der unwirtlichen Bedingungen gab es einen Landeplatz für kleine und mittlere Luftschiffe. Nur glühende Hitze und einige mickrige Palmen empfingen uns. Ansonsten war wenig Leben auszumachen. Die Insel wirkte nicht wie das Handelszentrum, das ich erwartet hatte.

„Die meisten unserer Handelspartner kommen mit Seeschiffen. Die liegen in einer geschützten Bucht, damit sie nicht von den gelegentlichen Vulkanausbrüchen beschädigt werden. Natürlich auch, um sie vor Entdeckung zu schützen. Was die geladen

haben, hätte mancher gern wieder zurück." Sally Hot lachte.
Ihr brauner Haarschopf wurde von einer Schweißerbrille
gebändigt und in ihrer Mechanikerkluft sah sie ziemlich
verwegen aus. Sally war nur wenig älter als ich, galt aber
trotzdem schon als Luftbär. Sie stammte aus einer alten
Luftfahrerfamilie, war praktisch zwischen Maschinen und
Apparaten groß geworden.

„Was meinst du damit?", fragte ich.

An ihrer Stelle antwortete Kapitän Hexlat: „Hier machen meist
Piraten- oder Schmugglerboote fest. Natürlich können die mit
ihrer Beute keinen offenen Handel treiben. Auf den Dracheninseln ist das etwas anderes. Unter dem Schutz der Drachen,
bieten sie ihre Waren an. Die Handelsallianz kauft sie dann zur
Hälfte des offiziellen Preises auf."

Offenbar gab es bei meinem Arbeitgeber eine Grauzone. „Aber
warum machen die Drachen bei so was mit?", wunderte ich
mich.

„Mit unserer Vorstellung von Recht und Ordnung haben die
Drachen nichts am Hut. Sie folgen ihren jahrtausendealten
Instinkten. Für sie hat nichts Bedeutung außer Gold."

„Gold?"

Sally zuckte mit den Schultern. „Davon sind sie fasziniert. Für sie zählt nicht mal der Reichtum. Drachen lieben einfach den Glanz und umgeben sich gerne damit."

Hexlat nickte. „Sie erlauben den Seeräubern ihre Geschäfte mit der Allianz und erhalten dafür einen Teil der Beute. In ihren schwer bewachten Höhlen hat sich eine gewaltige Menge Gold angesammelt. Wehe dem, der einen Drachen bestiehlt!"

Zu diesem Zeitpunkt konnte ich noch nicht einschätzen, wie ein bestohlener Drache reagiert. Bald schon sollte ich einen Eindruck davon bekommen.

„Übrigens, den kannst du jetzt auch mal tragen." Sally warf mir einen überraschend schweren Beutel zu.

Als ich einen kurzen Blick riskierte, ließ ich ihn beinahe vor Schreck fallen. Er war randvoll mit Gold.

Hexlat lachte. „Denkst du, wir müssen nicht bezahlen, um im Reich der Drachen Geschäfte zu machen? Pass auf, dass du nichts davon verlierst. Das würde dem Herrn dieser Insel gar nicht gefallen."

Nachdem wir das Flugfeld verlassen hatten, betraten wir einen Tunnel, der steil abwärtsführte. Wir spürten die Nähe des Vulkans, die Hitze war geradezu unerträglich. Ich betrachtete die Wände des Tunnels. Sie waren über und über mit Malereien von Drachen, Menschen und bizarren Mischwesen verziert.

Gerade wollte ich eine Frage dazu stellen, als uns eine Gruppe von fünf Leuten entgegenkam.

„Weg da!", brüllte der Anführer und stieß mich grob aus dem Weg.

„Hier auf der Insel trifft man raue Gesellen", bemerkte unser Kapitän.

Bisher war Hexlat der raueste Bursche, den ich je kennengelernt hatte.

„Wahrscheinlich Piraten", meinte Sally ungerührt.

Wir folgten dem Tunnel bis zum Ende und gelangten in eine riesige Höhle, die über und über mit Gold gefüllt war. Auf dem größten Goldberg saß ein mächtiger Drache. Er maß etwa achtzig Meter, war vom Kopf bis zur Schwanzspitze mit rot-schwarzen Schuppen bedeckt. Die gewaltigen Flügel berührten die Seitenwände der Höhle. Seine scharfen Krallen und Zähne würden sogar Metall wie Butter zerteilen.

„Lord Magnor", grüßte Hexlat respektvoll.

Er trat vor das monströse Wesen, Sally folgte ihm. Notgedrungen schloss ich mich an.

„Wir kommen, um auf der Insel Handel zu treiben und ersuchen Euch, den Herrscher dieses Landes, um Erlaubnis", fuhr Hexlat fort.

Der Drache blickte auf uns herab. „Ihr kleinen Menschen und eure Geschäfte. Ihr wisst, dass alles seinen Preis hat?"

Der kann ja reden, hätte ich beinahe herausposaunt. Hexlat nickte mir zu. Ich trat vor und schüttete den Inhalt meines Beutels in die scharfe Krallenhand des Drachen.

Lord Magnor senkte sein gewaltiges Haupt, um an dem Häufchen zu schnuppern. Offenbar gefiel ihm das Geschenk. „Reines Gold", verkündete er. „Geht euren Geschäften nach. Ihr habt meine Erlaubnis."

Erleichtert trat ich zurück neben Sally und Hexlat. Wir drehten uns um, wollten die Höhle eilig verlassen. Da ließ uns das markerschütternde Brüllen des Drachen stocken. Ich blickte mich um. Hexlat und Sally taten dasselbe. Magnor drehte sich wie ein Hund um sich selbst, schien etwas zu suchen schien.

„Wo ist es, wo ist es?" Er geriet in Panik, was bei einem Drachen höchst gefährlich werden kann. Als er erneut brüllte, standen mir die Haare zu Berge.

„Wo ist mein Schatz?" Aus seinem Maul schoss eine Stichflamme.

„Was ist denn passiert?"

„Jemand muss Magnor bestohlen haben", antwortete mir Hexlat.

„Ihr!" Böse funkelnde Drachenaugen fixierten uns. „Ihr habt meinen Schatz gestohlen!"

„Das haben wir nicht", rief ich aus, zu meiner eigenen Überraschung.

Der Drache beachtete mich nicht in seiner Raserei. Er holte tief Luft, um uns mit einem Feuerstoß zu vernichten.

„Runter!" Hexlat zog mich zu Boden.

Eine gewaltige Flamme fegte über uns hinweg.

„Das war knapp!" Sally stöhnte.

Der Drache erhob erneut sein riesiges Haupt, um uns zu befeuern. Wir rasten auf den Höhlenausgang zu. Die Feuerwalze verfehlte uns knapp, brachte die Steine hinter uns zum Glühen. In diesem Moment hörte ich ein Stampfen. Magnor war aufgestanden, um seine nächste Feuerattacke direkt in den Höhlentunnel zu blasen.

Wir rannten um unser Leben. Die Hitzewelle, die über uns hinwegraste, versengte meine Haare. Wir legten einen letzten Spurt hin, schafften es schließlich ins Freie.

„Das ist Wahnsinn." Ich schaute auf einen schwarzen, qualmenden Stumpf, der eben noch eine Palme gewesen war. „Warum tut er das?"

* * *

„Hast du nicht aufgepasst? Jemand hat Lord Magnor bestohlen und er verdächtigt uns", knurrte Hexlat.

„Wer wagt so etwas?", überlegte Sally.

„Die Typen von vorhin", fiel mir ein. „Die Piraten, die uns fast umgerannt hätten."

Hexlat schaute nachdenklich. „Da könntest du recht haben. Einigen traue ich so etwas zu. Wir sollten wohl die Sündenböcke sein und ihr Plan ist aufgegangen. Machen wir ihnen einen Strich durch die Rechnung."

„Lasst uns lieber verschwinden", warf Sally ein.

„Mit dem Luftschiff? Der Drache holt uns im Nullkommanichts vom Himmel. Uns bleibt nur eine Chance, die Piraten finden und den Schatz zurückgeben. Axel, du gehst und suchst die Diebe. Sally und ich lenken Magnor ab."

„Wieso gerade ich?"

„Weil du sie am besten gesehen hast, als sie dich angerempelt haben, und nun los!" Das Brüllen des Drachen dröhnte. „Es wird höchste Zeit."

Seeräuber würden sicher auf ihr Schiff fliehen, überlegte ich, also auf, zum Ankerplatz. Während ich über das Vulkangestein kletterte, hörte ich, wie Magnor weitere Feuerstöße auf meine Kameraden spuckte. Die Jagd hatte begonnen.

Die Bucht sah schon eher wie ein Handelsplatz aus. Seebären standen beieinander und betrachteten fasziniert das grausige Schauspiel, das der wild gewordene Drache am Himmel ihnen bot. Eine Gruppe schien das Spektakel allerdings gar nicht zu interessieren. Emsig beluden sie ihr Schiff.

Das müssen sie sein, dachte ich mir. „Hey, ihr da! Rückt den Schatz wieder raus!", rief ich und eilte auf sie zu.

Die Piraten blickten auf. Es waren tatsächlich diejenigen, die mich fast umgerannt hatten.

„Der Drache scheint ja mächtig wütend zu sein. Er denkt wohl, du hättest ihn bestohlen?" Die Kerle lachten dröhnend. „Ihr kamt uns gerade recht als Sündenböcke. Während der Lord euch jagt, können wir mit dem Schatz abhauen." Er hielt einen Beutel hoch.

Ich stutzte. Merkwürdig, so groß konnte der Schatz ja nicht sein. Im nächsten Moment sah ich fünf Pistolenläufe auf mich gerichtet.

„Willst du uns aufhalten?", fragte einer von ihnen und grinste.

Erinnert ihr euch noch an meine Frage vom Anfang, die Frage nach dem Dragon Spirit? Dazu komme ich jetzt.

Hinter mir brüllte Lord Magnor. Seine Schreie klangen jedoch nicht mehr angsteinflößend, sondern eher verzweifelt und flehend. Mit mir geschah etwas. Mich überkam der unbändige Wille, diesen Raub nicht zuzulassen. Wut glomm in mir auf wie Magma in einem Vulkan. Sie weckte etwas, das offensichtlich schon immer in mir geschlummert hatte.

Selbstbewusst baute ich mich vor den Halunken auf und öffnete meinen Mund. Was daraus hervorkam, war allerdings keine menschliche Stimme, sondern das Brüllen eines Drachen. Die Lautstärke war kaum zu ertragen. Außerdem entfesselte ich mit dem Gebrüll einen Sturm, der die Piraten frontal traf. Verzweifelt hielten sie sich die Ohren zu, konnten sich nicht mehr auf den Beinen halten, wurden durch die Luft geschleudert. In dem Chaos verlor der Anführer den gestohlenen Beutel. Er rollte direkt vor meine Füße. Ich schloss meinen Mund und augenblicklich kehrte Ruhe ein.

Vor mir landete Magnor. Ich fürchtete schon seinen Feuerstoß, als sein Blick auf den Beutel zu meinen Füßen fiel. Sanft berührte er den Stoff. Etwas rollte heraus. Kein Gold. Ein großes Ei!

„Mein wertvollster Schatz." Der Lord wandte sich mir zu. Dankbarkeit sprach aus seinen Augen. „Du bist ein wahrer Dragon Spirit!", sagte er leise.

* * *

An diesem Tag wurde noch viel geredet. Ich erfuhr, dass Drachen nur sehr selten ein Ei legen und es mit ihrem Leben bewachen. Ihre Nachkommen schlüpfen manchmal erst nach Jahrzehnten. Ich lernte, dass Dragon Spirits Menschen sind, die den Geist eines Drachen in sich tragen. Ihre Aufgabe ist es, die Verbindung zwischen Menschen und Drachen aufrechtzuerhalten. Genau davon zeugten die Höhlenmalereien. Die spektakuläre Jagd nach den Dieben hatte meinen Geist geweckt und ließ mich den alles verzehrenden Wutschrei eines Drachen ausstoßen.

Meine Mannschaftskameraden, allen voran Hexlat und Sally Hot, fielen natürlich aus allen Wolken, als sie begriffen, wer der Grünschnabel war - ein echter Dragon Spirit.

Autoren / Illustratoren / Lektorin

Autoren

Jürgen Flüchter,

1954 geboren, lebt in Recklinghausen. Der Lehrer im Ruhestand ist verheiratet und hat zwei erwachsene Söhne. Mit Begeisterung liest er Krimis, Thriller, Fantasy und historische Romane. Außerdem ist er als ehrenamtlicher Jugendrichter tätig. Gerade arbeitet er an einem aufwändigen Fantasy-Epos, in dem die Nibelungensage, das Dritte Reich, die Sechzigerjahre und eine geheimnisvolle Parallelwelt eine Rolle spielen. Seine Hobbys sind neben dem Schreiben und Lesen Wandern und Fahrradfahren.

Nicole Gabrys,

43 Jahre, aus Duisburg, ist Mutter von zwei erwachsenen Kindern und Hobbyautorin. Ununterbrochen ist sie auf der Suche nach mystischen Wesen.

Albertine Gaul, (Pseudonym)

Jahrgang 1967, hat mehrere Berufe erlernt, darunter Wirtschafterin, Altenpflegerin und Bürokauffrau. Viele Jahre arbeitete sie in der Altenpflege, bevor eine Krankheit sie zwang, sich einen anderen Beruf zu suchen. Heute lebt und schreibt sie in einer Stadt im Ruhrgebiet, wo sie auch aufwuchs. Bisher sind von ihr mehrere Geschichten in Anthologien erschienen, darunter: *Immer wenn es Winter wird, Ein Werwolf mit Herz, Die Elfe und der Mann, Der Dimensionswächter.* Erste Romane wurden bei Bookrix veröffentlicht.

Dirk Mühlinghaus

wurde 1973 in Dortmund geboren, ist gelernter Drucker. Nach seiner Ausbildung absolvierte er eine Fortbildung zum Industriemeister. Neben seiner Tätigkeit als Abteilungsleiter ist er im Prüfungsausschuss der IHK in Dortmund aktiv. Seine Begeisterung für Geschichtliches und historische Romane ließen ihn schließlich die ersten Wörter und Sätze an seinem Computer tippen. Seit 2011 ist er Mitglied des Autorenkreises Unna, wo er regelmäßig an Lesungen teilnimmt. Der Autor lebt seit acht Jahren mit seiner Familie in Schwerte.

Julia Ostrau,

geb. 1986, Brotberuf Psychologin, lebt mit ihrer vierköpfigen Familie am Niederrhein. Dort widmet sie sich der Beantwortung einiger elementarer Fragen: Wie ist es, auf einem Drachen zu fliegen? Oder: Welches Haustier hält sich ein Animagus? Als bekennende Fantastin setzt sie sich für die Belange magischer Kreaturen ein und ist hierzu im Auftrag des Bundesamtes für magische Wesen unermüdlich im Einsatz. Ihre Kurzgeschichte *Die Schlacht von Loneguard* bescherte ihr einen Platz in der Finalrunde der *Sweekstars 2017* in der Kategorie Fantasy und damit auch ihre erste Veröffentlichung. Weitere sollen folgen.

Wolfram Christian Sauter,

geb. 1967 in Stuttgart, hat eine Ausbildung zum Groß- und Außenhandelskaufmann absolviert. Mit seiner Familie lebt er im romantischen Franken. Seine Brötchen verdient er mit der Betreuung eines Webshops. Er liebt schöne Gärten und spielt gern Tischtennis. Seine Kurzgeschichten sind im Bereich der Phantastik angesiedelt.

Christine Schär,

Jahrgang 1982, lebt mit ihrer Familie in Winterthur in der Schweiz. Nach ihrem Publizistikstudium hat sie für eine studentische Zeitschrift und eine Regionalzeitung geschrieben. Seit 2009 ist sie hauptberuflich Marktforscherin und versucht herauszufinden, was Erwachsene wollen. In ihrer Freizeit schreibt sie Kinder- und Jugendgeschichten. Begonnen hat alles mit einem frechen Sockenmädchen. Seitdem ist der Ideenstrom für neue Geschichten nie abgerissen.

Kornelia Schmid,

geb. 1993 in Regensburg, studiert Germanistik, Kunstgeschichte und Philosophie. Ihren ersten Roman begann sie im

Alter von zwölf Jahren. Seitdem schreibt sie hauptsächlich im Bereich Fantastik. Einige Kurzgeschichten wurden bereits in Anthologien veröffentlicht. Neben den täglichen Ausflügen in fiktive Welten treibt sie sich gerne in Wäldern herum und malt Landschaften.

Anne Schmitz

lebt mit Mann und drei Kindern in der Nähe von Köln. Die Autorin teilte ihre fantastischen Geschichten zunächst ausschließlich mit ihrer Familie. 2016 gab sie mit *Keylam: die Ankunft*, einem Fantasy-Kurzroman für Kinder, ihr Autorendebüt. Seitdem sind zwei weitere Bände hinzugekommen. Somit ist die *Keylam*-Trilogie, die als E-Book und Taschenbuch vorliegt, komplett.

Anne Schmitz verfasst außerdem Kurzgeschichten für Jugendliche und Erwachsene, die bereits in Anthologien veröffentlicht wurden.

Mehr Infos erhalten Sie unter: anne-schmitz.com

Achim Stößer

wurde im Dezember 1963 geboren. Er studierte Informatik an der Universität Karlsruhe, wo er anschließend einige Jahre als wissenschaftlicher Mitarbeiter tätig war. Er beschäftigte sich mit Computerkunst und -animation, hatte einen Lehrauftrag an der Hochschule für Gestaltung in Karlsruhe. 1998 gründete er die Tierrechtsinitiative *Maqi*. So sind Antispeziesismus (und

damit Veganismus), Antitheismus, Antirassismus, Anti-
sexismus, Antifaschismus … Hauptthemen seiner Erzählungen.
Sein Erzählband *Virulente Wirklichkeiten* erschien 1997. Seit
1998 veröffentlicht er in Anthologien und Zeitschriften.
Im Internet ist er zu finden unter: http://achim-stoesser.de

Anathea Westen, (Pseudonym)
Schon als Kind dachte sie sich ständig Abenteuer aus, die sie
oft auch niederschrieb.
Doch erst 2016 entdeckte sie ihre Liebe für das
Geschichtenerfinden wieder. Nach einem abgeschlossenen
Kurs der Belletristik studiert sie momentan Kinder- und
Jugendliteratur.
https://www.anathea.de/

Sascha Zurawczak
Schon immer las der Autor mit Begeisterung fantastische
Geschichten. Geboren 1991 beschloss er bereits mit sechzehn
Jahren, es selbst einmal zu versuchen. Schon 2010 gab er den
ersten Band seiner *Lagrosiea-Trilogie* im Selbstverlag heraus.
Dem Genre Abenteuerfantasy ist er bis heute treu geblieben.
Mit im Team ist seine Mutter Cornelia. Als Ausgleich zum
Schreiben verbringt Sascha viel Zeit mit Fahrradtouren durch
die schöne Natur Norddeutschlands. Neben seinem Beruf und
dem Schreiben bleibt kaum Zeit für weitere Hobbys.
https://saschazurawczak-autor.jimdo.com/

Illustratoren

Ines Gölß

Geboren in der Oberpfalz, aufgewachsen in Dachau und München, lebt die Autorin heute mit Mann und fünf Kindern in Österreich. Da sie schon immer gern gezeichnet und Geschichten vorgelesen hat, wuchs in ihr der Wunsch, selbst einmal ein Kinderbuch zu schreiben und zu illustrieren. 2014 erschien der erste Teil von *Schnecke Ticki und der Zauberer Zippeldapp*, eine Mutmach-Geschichte für Kinder ab vier Jahren. Zwei weitere Bände folgten.
Mehr zu ihren Geschichten, Illustrationen und Projekten unter: ines-goelss-zauberbuch.com/
Illustration S. 101

Anke Kemper

lebt mit ihrer Familie im Sauerland. Sie ist Autorin mehrerer Theaterstücke, Regisseurin, Schauspielerin und Inhaberin des *adspecta Theaterverlages*. Das Gestalten der Cover für die Theaterbücher war ihr Einstieg als Illustratorin. Mittlerweile hat sie bereits zwei Kinderbücher von Peter Futterschneider illustriert: *Im Land der Leuchtkäfer* und *Prinzessin Grenzenlos*. Beide sind im Mai 2017 erschienen. https://kempers-art.de/
Illustration S. 68

Andrea Wojtkowiak
wurde 1979 in Regensburg geboren. Die Radio - und Fernsehjournalistin hat in Spanien, China und Norddeutschland studiert, gelebt und gearbeitet. Seit 2015 ist sie in München. In ihrer Freizeit schreibt sie Kurzgeschichten. Sie zeichnet und malt gerne, arbeitet zurzeit an den Illustrationen ihres ersten Kinderbuches.
Illustration S. 30

Die Lektorin

Carolin Olivares Canas
Seit mittlerweile drei Jahren arbeitet die Lektorin mit dem *Kelebek Verlag* zusammen. Sie ist Ethnologin, Sozial- und Bibliothekswissenschaftlerin, lebt mit Mann und Tochter in Mainz. Ob als Wissenschaftlerin, Lehrerin oder Autorin – immer hatte sie mit dem Schreiben und Überarbeiten von Texten zu tun. Als Bibliothekarin gehörte es zu ihren Aufgaben, den Buchmarkt, insbesondere den Kinderbuchmarkt, im Auge zu behalten. Seit 2016 ist sie ausschließlich als freie Lektorin tätig.
www.olivares-canas.com/